25 Jahre
Diogenes Taschenbuch

de
te
be

Das literarische
Taschenbuch

Erich Hackl

Auroras Anlaß

Erzählung

Diogenes

Einmalige Jubiläumsausgabe 1996

Die Erstausgabe erschien 1987
im Diogenes Verlag
Umschlagillustration:
Francisco de Goya, ›Rita Molinos‹,
1815 (Ausschnitt)

Veröffentlicht als Diogenes Taschenbuch, 1989

160/96/43/1
ISBN 3 257 22915 1

Es ist ein schreckliches Mittel gegen ungewöhnliche Menschen, sie so tief in sich hineinzutreiben, daß ihr Wiederherauskommen jedesmal ein vulkanischer Ausbruch wird.

Guntram Vesper, ›Nördlich der Liebe und südlich des Hasses‹

I

Eines Tages sah sich Aurora Rodríguez veranlaßt, ihre Tochter zu töten. Sie betrat das Schlafzimmer, entnahm dem Nachtkästchen eine Pistole, die sie vor Monaten erworben hatte, um gegebenenfalls das Leben Hildegarts zu schützen, lud die Waffe, entsicherte sie und ging ohne Zögern in das Zimmer ihrer Tochter. Sie schloß sacht die Tür hinter sich, tastete im Dunkeln nach der Lampe, die neben dem Bett auf einem niedrigen, mit Büchern und Zeitungen überladenen Tisch stand, und gab vier Schüsse ab. Die ersten beiden Projektile, die nach einem späteren Gutachten der Gerichtsmediziner tödlich waren, durchdrangen Hildegarts Herz; die zwei letzten feuerte sie aus solcher Nähe ab, daß die Haut an der rechten Schläfe verbrannte und eine Strähne des braunen, gelockten Haares ihrer Tochter versengte. Ehe sie das Zimmer wieder verließ, drehte Aurora das Licht ab und zog die Rolläden vor dem Fenster hoch. Dann steckte sie die Pistole in ihre Handtasche, kleidete sich an und ging aus der Wohnung.

Auf der Treppe begegnete ihr das Dienstmädchen, Julia Sanz, die das Haus vor einer halben Stunde verlassen hatte, um die zwei Hunde ihrer Herrschaft auszuführen. Aurora Rodríguez sagte zu der Frau, daß sie nicht mehr zurückkehren würde und daß sie, Julia, wie schon vor einigen Tagen vereinbart, die Hunde im Lauf des Vormittags Frau Carbayo Orenga zur Obhut übergeben solle. Julia Sanz maß der Äußerung der Frau keine weitere Bedeutung bei, da sie annahm, daß Aurora Rodríguez gemeinsam mit ihrer Tochter eine Reise nach Mallorca antrat, von der in den letzten Tagen oft die Rede gewesen war. Sie fragte nur, ob die Nachbarin den Geldbetrag, der ihr für die Pflege der Tiere zustand (vier Pesetas pro Tag), schon bekommen habe. Aurora Rodríguez bejahte und streichelte die Hunde, ehe sie weiterging. Als Julia Sanz die Wohnungstür aufschloß, fiel ihr sofort der starke Geruch nach Pulver auf.

Aurora Rodríguez begab sich ohne weitere Umschweife in das Büro eines ihr gut bekannten Rechtsanwalts, dem sie ihre Tat eingestand. Der völlig überraschte Advokat, ein prominenter radikalsozialistischer Politiker, der einige Monate später das Amt des Justizministers übernehmen sollte, begleitete sie auf ihren Wunsch zum Justizpalast, wo sich Aurora Rodríguez den Behörden stellte.

Trotz gewisser Zweifel am Wahrheitsgehalt der Selbstbeschuldigung – Zweifel, die durch die allgemein bekannte enge und harmonische Beziehung zwischen Aurora und ihrer Tochter Hildegart genährt wurden – ging der Amtsrichter gemeinsam mit dem diensthabenden Polizeiarzt in die Wohnung der Frau. Dort trafen sie schon zwei Polizisten, die vom verstörten, ohne Unterlaß schluchzenden Dienstmädchen herbeigerufen worden waren.

Aurora Rodríguez, die nach ersten Einvernahmen in das Frauengefängnis von Noviciado, im Nordwesten Madrids, eingeliefert wurde, war die Tochter von Pilar Carballeira, einer ausgebildeten Lehrerin, die allerdings ihren Beruf nie ausgeübt hatte. Vor neunundzwanzig Jahren war die Mutter, die ihr, wie sie vor Gericht aussagte, nie zärtliche Gefühle entgegengebracht hatte, gestorben, worauf Aurora Rodríguez als einzige der vier Geschwister im elterlichen Haus verblieb. Hier verbrachte sie die nächsten drei Jahre in Gesellschaft ihres Vaters, bis dessen Tod ihr auch den nächsten Vertrauten entriß.

Dieser, Advokat und Prokurator zu Gericht, war in El Ferrol, einer bedeutenden Hafenstadt im Nordwesten des Landes, wohl angesehen, wenngleich die Nachbarn seinen Äußerungen eine gewisse Extravaganz nicht absprachen. So soll Anselmo Rodríguez bei den Gesellschaften, den Tertulias, die er mit Freunden und Bekannten im Kasino der Stadt abhielt, dem Freiheitsdrang in den ehemaligen spanischen Kolonien Mittel- und Südamerikas großes Verständnis entgegengebracht haben. Auch im Seekrieg gegen die Vereinigten Staaten nahm er eine Haltung ein, die von der Mehrheit der Bürger, insbesondere von den Stadtvätern und Honoratioren, keineswegs geteilt wurde. Zwar betrachte er die feindliche Macht als Gefährdung nicht nur der nationalen Sicherheit, sondern der Menschheit im gesamten, doch gab er zu erkennen, daß seine Sympathien nicht den spanischen Seestreitkräften, wohl aber den großen Freiheitshelden Maceo und Rizal galten. Deshalb von Gesprächspartnern mangelnden Patriotismus geziehen, entgegnete er, daß alle wirklich großen Männer der Geschichte, gleich welcher Herkunft, Freiheit stets vor kleinlichen Nationalitätenhader gestellt hatten.

Im übrigen verstehe ich nicht, wieso man hier in Galicien die Staatsräson so vehement verteidigt. Wo doch dieser Landesteil einer der ärmsten und ausgeblutetsten überhaupt ist. Und es sind ja gerade die Söhne dieser Region, Bauern und Fischer, die dem Vaterland als Kanonenfutter seiner Feinde dienen.

Hier schwiegen die anderen Männer, und auch Anselmo Rodríguez verstummte. Er ahnte dunkel, daß er sich auf ein Gebiet gewagt hatte, wo Vorsicht am Platz war.

Als 1898, nach dem Verlust der Überseekolonien Kuba und Philippinen, Reste der geschlagenen spanischen Flotte in El Ferrol anlegten, durfte die achtjährige Aurora ihren Vater an den Pier begleiten. Stumm und ängstlich stand sie vor den hohen Bordwänden, und seltsam war ihr, als Anselmo Rodríguez angesichts der hohlwangigen, abgerissenen Gestalten an Deck den Hut zog. Außer ihnen und schwarzgekleideten Frauen, Bäuerinnen aus dem Hinterland, die verzweifelt hofften, einen ihrer Söhne wiederzusehen, war niemand gekommen, die Heimkehrer zu begrüßen.

Undank, sagte der Vater, ist der Lohn der Welt. Aurora möge sich diesen Tag gut einprägen; sie würde, zumindest hoffe er es, Zeiten erleben, in denen den Erniedrigten Gerechtigkeit widerfahre. In denen die Bankiers, die sich an diesem Krieg bereicherten, die Bischöfe, die diese Schiffe segneten, die Admiräle, die vom sicheren Madrid aus die Flotte befehligten, zur Rechenschaft gezogen würden.

Aurora hielt sich an ihren Vater. Anselmo Rodríguez erkaufte sich die Muße, nach der Tagesarbeit über seine Ideale von der besseren Beschaffenheit des Landes nachzusinnen, mit dem Verzicht auf die Führung des Hauses. Die Mutter, Pilar Carballeira, war ungeduldig, hart und mißgestimmt. Sie versuchte angestrengt, ein Leben nach dem Vorbild anderer Familien, von Ärzten, höheren Offizieren, Großgrundbesitzern, zu führen. Sie zwang ihre vier Kinder sonntags in die Kirche, nahm Dienstboten auf für Tätigkeiten, die ihr selbst früher nicht unlieb gewesen waren, verbot den beiden Töchtern, Aurora und der zehn Jahre älteren Josefa, das Springen und Laufen schon im Kleinkindalter und gestattete erst dem zuletzt geborenen Kind, einem Jungen, den Besuch einer Schule, und auch das nur, weil in der Stadt ein angesehenes Privatinstitut eröffnet worden war. Die anderen wurden im Haus von einer entfernten Verwandten, deren Eltern nach einer geschäftlichen Fehlspekulation verarmt waren, unterrichtet. Allerdings waren das Wissen und das pädagogische Geschick der jungen Frau eher dürftig, zudem wagte sie es nicht, die Streiche der zwei ältesten Kinder ein für allemal abzustellen. Aurora Rodríguez lernte bei ihr, was jede höhere Tochter auch lernte: Lesen und Schreiben, die Grundrechnungsarten, Stikken und Klavierspielen und ein paar schauderhafte Brocken Französisch.

Eines Tages nahm ein Dienstmädchen, zu dem Aurora großes Vertrauen hatte, die Tochter der Herrschaft mit in sein Dorf. Es war das Fest von San Pedro, dem Dorfpatron, an dem auf dem Platz, unter Girlanden von bunten Fähnchen, getanzt wurde. Das Mädchen wußte seinen Verlobten unter der Menge. Deshalb bat es seine Mutter, nicht ohne sie zu besonderer Aufmerksamkeit anzuhalten, Aurora für eine Weile bei sich zu behalten. Dann ging es zum Tanz. Die Mutter kam seinem Wunsch nach. Sie versuchte Aurora, die sich verstohlen im einzigen Raum des Hauses umsah, zu unterhalten. Gleichwohl verstand das Kind sie schwer; das zu Hause verpönte Gallego war ihm kaum geläufig. Die Neugier der anderen Kinder erschreckte es. Auch die ungewohnte Armut der Umgebung, die Strohsäcke, der gestampfte Lehmboden und die darauf herumstolzierenden Hühner, war ihm so fremd, daß es bald darauf drängte, der Tochter der Frau beim Tanz zuschauen zu dürfen.

Nachdem man Aurora die Richtung gewiesen hatte, ging sie zum Dorfplatz. Aber sie konnte, so sehr sie sich auch anstrengte, das Mädchen unter den Tanzenden nicht ausmachen. Als sie, den Tränen bereits nahe, zurück zum Haus laufen wollte, fiel ihr Blick auf ein Paar, das sich an einer Ecke innig küßte. Erst als der Bursche das Dienstmädchen anstieß, wurde es auf Aurora aufmerksam. Es errötete, löste sich aus der Umarmung und nahm das Kind an die Hand.

Voll Unschuld erzählte Aurora Rodríguez daheim, bei Tisch, vom Tanzfest und von den Küssen im Dorf. Die älteren Geschwister kicherten, der Vater hörte, wie üblich, nicht zu. Aber Frau Carballeira entließ das Mädchen noch am selben Tag.

Ein anderes Mal, als der älteste Bruder Auroras anfing, um die Kammern der Dienstboten herumzustreichen und sich hinter die Treppe kauerte, um ihnen unter die Röcke zu schauen, überredete die Hausfrau ihren Mann, der Küchenhilfe Geld anzubieten, um den jungen Herrn in die Praktiken der Liebe einzuführen. Das Mädchen, von dem bekannt war, daß es schon mehrere Liebhaber gehabt hatte, das aber versicherte, gesund zu sein, zog seine Eltern zu Rate. Diese willigten unter der Bedingung ein, daß Anselmo Rodríguez einem ihrer Söhne, der nach Amerika auswandern mußte, weil der elterliche Besitz kaum den Erstgeborenen ernährte, Arbeit auf einem Frachtschiff nach Kuba verschaffte. Auroras Vater tat ein übriges und besorgte dem Mädchen eine Lizenz, um im Gericht, wo er täglich anzutreffen war, Tabak zu verkaufen. Die Eltern des Mädchens dankten ihm überschwenglich. Peinlich berührt entzog er ihnen die Hand. Der Vorfall war ihm Beweis für die Dekadenz und Agonie des Landes.

In der Bibliothek schrieb er in sein Sudelbuch: Die Not der niederen Stände ist unerträglich. Nur blinde Wut, gewalttätige Raserei, Blut und Feuer können ihre Lage verändern. Aber daran denken sie nicht, weil ihre ganze Kraft aufs nackte Überleben gerichtet ist. Weil die falsche Moral der besser Gestellten sie gepackt hat und weil sie den persönlichen Vorteil suchen, ohne zu erkennen, daß er sie nur noch mehr in ihr Elend verstrickt. Die Privilegierten leben bequem. Wir sehen, wie alles aus den Fugen gerät, aber wir haben Angst vor jedem Wandel. Wir sind unzufrieden, aber feige.

Dann versenkte er sich in die Lektüre der ›Revue du Monde Latin‹, deren letzte Nummer ihn eben erreicht hatte. In einem Aufsatz, den ein gewisser Valentí Almirall zeichnete, offensichtlich ein Katalane, fand er eine Stelle, die ihm als treffende Schilderung der spanischen Misere erschien. *Die Nation lebt in einer völligen Negation, in einer wahren Orgie negativer Ideen. Fragt die Spanier, ob sie Monarchisten sind. Und sie werden die Frage verneinen. Fragt sie dann, ob sie also Republikaner sind. Und sie werden ebenfalls verneinen. Was also sind sie? Sie wollen es nicht wissen. Sie begnügen sich damit, alles abzulehnen. Der alte Fatalismus bemächtigt sich unser aufs neue. Der Bauer vegetiert dahin, ohne den geringsten Versuch zu unternehmen, das Unwissen, den Trott, die Armut abzuschütteln. Der Städter lebt vom Bauern, während dieser kaum vom Boden leben kann. Der Fortschritt ist noch nicht zu uns gekommen. Das geistige Leben hat aufgehört zu existieren.*

Auf der Flucht vor der Mutter, deren Anordnungen ihr widersprüchlich und ungerecht erschienen, geriet Aurora in die Bibliothek des Vaters. Anders als ihre Geschwister empfand sie keine Furcht vor den dunklen Buchrücken und vor der Stille des hohen, schmalen Raumes. Zudem schloß sich an die Bibliothek, von ihr nur durch eine Doppeltür getrennt, das Arbeitszimmer von Anselmo Rodríguez an, wo dieser an den Nachmittagen Rechtsauskünfte erteilte. So hatte sie, dank der Unterredungen im Nebenzimmer, nie das Gefühl, einsam zu sein. Und war doch allein.

Eines Tages, Aurora mochte sieben Jahre alt sein, empfing ihr Vater eine Dame. War seine Tochter anfangs noch mit dem An- und Umziehen einer Puppe beschäftigt, so ließ die erregte Frauenstimme sie bald aufhorchen.

Anselmo Rodríguez, der mit dem Mann von Frau Balboa, dem Eigentümer der größten Eisenwarenhandlung der Stadt, seit langem bekannt war, glaubte zuerst an einen privaten Besuch. Aber die ernste Miene der Frau sagte ihm, daß sie nicht gekommen war, um eine Einladung auszusprechen oder um den jährlichen Bazar des Christlichen Wohltätigkeitsvereins, dessen Vorsitzende Frau Balboa war, vorzubereiten. Ihrer Bitte, niemanden, auch seine Gattin nicht, vom Inhalt der Unterredung in Kenntnis zu setzen, versprach er mit dem Hinweis auf seine Schweigepflicht nachzukommen.

Die Frau zögerte, ehe sie leise, aber noch vernehmlich für das Mädchen im Nebenzimmer sagte, daß sie gekommen sei, um die Trennung von ihrem Mann in die Wege zu leiten. Der Rechtsanwalt war zu überrascht, um gleich zu antworten. Deshalb beeilte sich die Frau hinzuzufügen, daß ihr Entschluß unumstößlich sei. Da sie von allen Advokaten der Stadt Herrn Rodríguez das größte Vertrauen entgegenbrachte, wollte sie ihn mit der Durchführung der hierfür notwendigen Schritte beauftragen.

Auroras Vater fragte, ob sie sich der Tragweite ihres Entschlusses bewußt sei. Frau Balboa nickte und wiederholte, daß an ihrer Entscheidung, die sie nach reiflicher Überlegung gefaßt habe, nicht zu rütteln sei. Sie sei sich auch über die materiellen Folgen im klaren, sehe diese aber nicht als Hindernis an, zumal der Pflichtteil des von ihren Eltern hinterlassenen Erbes ihr und ihrer Tochter ein befriedigendes Auskommen garantiere. Anselmo Rodríguez fragte, aus welchen Gründen sie die Auflösung der Ehe betreiben wolle. Als die Frau zögerte, sagte er, daß er diese Frage nicht aus Neugier stelle. Ohne den Grund zu erfahren, könne er ihr nicht dienlich sein.

Nun begann Frau Balboa zu schluchzen; unter Tränen gestand sie, daß sie jedes Gefühl der Zuneigung für ihren Mann verloren hatte. Daß sie Angst, Widerwillen und Haß spürte, so oft er sich ihr näherte. Daß sie Ekel überkam, wenn er sich auf sie legte. Daß sie sich immer mehr als Ding fühlte, das hergenommen wurde, wenn dem Mann danach verlangte, und das man wegschob, wenn es seine Schuldigkeit getan hatte.

Anselmo Rodríguez fragte nach einer Weile, ob noch andere Gründe, handgreiflichere, vorliegen.

Genügt das denn nicht?

Auroras Vater versicherte ihr, daß er sie voll verstehe, gab aber zu bedenken, daß das geltende Scheidungsgesetz ein solches Motiv nicht vorsehe. Frau Balboa müsse, werde sie vor Gericht auf der Klage beharren, damit rechnen, daß man ihr die Schuld zuschiebe.

Egal, sagte die Frau, wenn die Trennung nur erfolgt!

Ob sie auch an ihr Kind gedacht habe, fragte Auroras Vater. Er stand auf, nahm ein Buch aus dem Schrank und schlug es auf. Das geltende Zivilgesetz aus dem Jahre 1889 verschließt sich solch zweifellos ehrenwerten Argumenten. Artikel 73. Tritt die Scheidung in Kraft, so hat sie folgende Auswirkungen: Erstens. Die Ehegatten werden von Tisch und Bett getrennt. Zweitens. Die der Ehe entsprungenen Kinder verbleiben unter Gewalt und Aufsicht des unschuldigen Gatten.

Der Rechtsanwalt klappte das Buch zu: Das ist die Gesetzeslage. Um zu verhindern, daß die Frau erneut in Tränen ausbrach, fügte er rasch hinzu: Freilich wisse er nicht, ob ihr Gatte überhaupt Wert darauf lege, das Sorgerecht für das gemeinsame Kind auszuüben. Sei das nicht der Fall, so lasse sich eine befriedigende Lösung finden. Dergestalt, daß eine Person bei Verzicht des Mannes als Vormund eingesetzt werde, die Frau Balboa nahestehe und dieser bei der Erziehung ihrer Tochter kein Hindernis in den Weg lege. Aber die Frau winkte ab. Sie habe sich nicht vorschnell entschlossen, Herrn Rodríguez aufzusuchen. Ihrem Entschluß seien zahlreiche Auseinandersetzungen vorangegangen, an deren Ende ihr Mann höhnisch ausgerufen habe, sie möge doch die Scheidung einreichen, er jedenfalls werde auf das Sorgerecht für das gemeinsame Kind beharren. Allein schon deshalb, um der Frau Schmerz zu bereiten.

Während Aurora im Nebenzimmer ihre Puppe heftig an sich preßte, hob ihr Vater bedauernd die Schultern. Frau Balboa stand auf und reichte ihm die Hand. Es tut mir leid, sagte er. Was werden Sie machen?

Die Hölle aushalten. Rosa gebe ich nicht her.

Als Anselmo Rodríguez später die Bibliothek betrat, hielt seine Tochter immer noch die Puppe im Arm. Eine schöne Puppe, sagte er. Wie heißt sie denn?

Rosa, sagte Aurora. Und sie gehört mir ganz allein.

2

Ein haltloses, hilfsbedürftiges Geschöpf, würde Hildegart schreiben, *das sich stets nach dem Bild richtet, welches sich die Gesellschaft von ihm macht, das davor zurückschreckt, sich zu seinen geheimen Wünschen zu bekennen, das mit Männern nie offen redet, immer die Augen niederschlägt, sich geistig gängeln läßt – das ist die spanische Frau. Bis auf ehrenwerte Ausnahmen besitzt sie einen ungeheuren sexuellen Hunger. Weder die Engländerin, die lange ihre Unschuld bewahrt, noch die frühreife Französin entsprechen ihr hierin. Die Triebhaftigkeit der Spanierin geht auf ihre jahrhundertelang erzwungene Enthaltsamkeit zurück. Sie ist ein Opfer der religiösen Moralvorstellungen, die dazu geführt haben, daß sie Gemeines vermutet, wo nur Wissenschaft ist, und Pornographie, wo nur Wahrheit ist und Natur.* Ihre Schwester, Josefa, hatte nach einem späteren Urteil Auroras grobe, unharmonische Gesichtszüge, die in ihrer Gesamtheit freilich sehr sinnlich und auf Männer anziehend wirkten. Den Dienstmädchen begegnete sie schon als Kind in einer äußerst verletzenden Art und schreckte auch nicht davor zurück, sich die Schwester für ihre Bosheiten gefügig zu machen. Versagte ihr eine der Bediensteten, auf Befehl von Frau Carballeira, das Naschen zwischen den Mahlzeiten oder meldete man der Mutter ihr freches Benehmen, dann sann sie auf Rache.

Als Aurora vier Jahre alt war, befahl ihr Josefa, einen Ring, den sie der Kassette ihrer Mutter entnommen hatte, heimlich in den Wäscheschrank einer Magd zu legen. Das Kind kam der Anordnung nach, ohne sich sein Tun recht erklären zu können. Noch am selben Tag vermißte Frau Carballeira, die sich vom Gesinde stets übervorteilt glaubte, das Schmuckstück. Josefa, die ihre Schwester zum Schweigen verpflichtet hatte, lenkte den Verdacht auf jenes Dienstmädchen, in deren Schrank sich in der Tat das fehlende Stück fand. Die Beteuerungen der jungen Frau halfen wenig. Sie wurde aus dem Haus gejagt; Auroras Mutter drang darauf, den vermeintlichen Diebstahl der Polizei anzuzeigen. Erst nach einigen Tagen wagte es Aurora, ihrem Vater den wahren Sachverhalt zu erzählen. Wer aber glaubt schon den wirren Geschichten eines kleinen Mädchens? Immerhin zog Anselmo Rodríguez die Anzeige zurück.

Ständiges Opfer kindlicher Streiche war die Hauslehrerin. Isabel Monteiro, ein hageres, ältliches Fräulein, wartete jahrelang vergeblich auf einen heiratswilligen Mann. Sie redete kaum und war zufrieden, wenn Rodríguez' Kinder sich still beschäftigten und ihr Zeit ließen, während der Unterrichtsstunden langatmige Romane zu lesen, in denen ritterliche Männer um tugendhafte christliche Frauen warben. Josefa und Auroras ältester Bruder machten sich das Vergnügen, manche Seiten zusammenzukleben oder die letzten Blätter herauszureißen, so daß die eifrige Leserin um den glücklichen Ausgang still brennender Leidenschaften betrogen wurde. Als Josefa älter wurde, pflegte sie Fräulein Monteiro mit Fragen zur Fortpflanzung des Menschengeschlechts in Verlegenheit zu bringen. Oder sie fragte bohrend, was denn die zwei Hunde machten, die sie gestern in einer ungewöhnlichen Stellung beobachtet hatte. Dann wand sich die Frau, versuchte es mit den Bienen, errötete unter dem Gelächter der Kinder, verschob die Erklärung auf einen anderen Tag.

Einmal, als Aurora im Garten spielte, hörte sie ein Geräusch aus einer entlegenen Kammer im Seitentrakt des Hauses. Sie stellte sich auf die Zehenspitzen und sah ihre Schwester, nackt bis auf die Strümpfe, mit gespreizten Schenkeln, die Beine angewinkelt um den bloßen Rücken eines Mannes gelegt. Beide atmeten heftig, dann ging das Keuchen der Schwester in ein Wimmern über, sie warf ihren Kopf hin und her, über ihr der Mann, mit einer lichten Stelle am Hinterkopf, die Schultern stark behaart.

Aurora wollte sich abwenden, davonlaufen, *angeekelt*, wie sie dem Hohen Gericht eingestand, aber die Beine gehorchten ihr nicht, sie sah zu, wie sich der Mann aufrichtete, das Glied mit einem Taschentuch abwischte, wie Josefa, immer noch liegend, die Beine ausstreckte, eine Hand unter den Kopf schob, den nackten Mann betrachtete, gleichgültig, spöttisch, wie es dem Kinde schien, das stehenblieb und starrte, trotz der Gefahr, entdeckt zu werden, und obwohl ihm die Fußballen schmerzten.

Als Josefa schon lange nicht mehr von Fräulein Monteiro unterrichtet wurde, trat eine unerklärliche Veränderung ihres Zustandes ein. Sie begann an Schwindelanfällen zu leiden, an Übelkeiten, erbrach jeden Morgen in die Leibschüssel. Auch war die Schwester jetzt von sehr wechselndem Gemüt, niedergeschlagen zumeist, dann wieder grundlos heiter, legte in einer Aufwallung von Herzlichkeit öfter den Arm um Aurora, die bisher solche Zärtlichkeit gänzlich entbehrt hatte.

Die beiden Schwestern teilten ein Zimmer, und Aurora wollte, als die Unpäßlichkeiten ihrer Schwester einsetzten, die Eltern verständigen; allein Josefa bat sie inständig, kein Wort zu sagen. Ihr Zustand, der bei beschleunigtem Wachstum der Gliedmaßen und inneren Veränderungen junger Frauen häufig auftrete und also keinen Anlaß zur Beunruhigung biete, würde sich von selbst wieder geben. Sie wolle die Eltern nicht beunruhigen, wo doch von keiner Erkrankung gesprochen werden könne.

Aurora schwieg also, auch wenn sie nach mehreren Wochen bemerkte, wie Gesicht und Beine ihrer Schwester anschwollen und Josefas Leibesfülle, wenngleich sie sich bei Tisch auffallend zurückhielt, immer mehr zunahm. Obwohl sich Josefa jeden Morgen arg schnürte, konnte sie ihren Zustand bald nicht mehr verbergen. Während des Mittagessens fiel sie eines Tages in Ohnmacht. Nachdem man sie rasch in den Salon geschafft und ihr auf dem Diwan die Kleidung gelockert hatte, wurde den Eltern ihre Lage offenkundig. Aurora mußte auf ihr Zimmer gehen und vernahm dort die Schreie der Mutter und das Klatschen der Ohrfeigen, mit denen Frau Carballeira Josefa zurück ins Leben rief. Mit Schlägen bekam die werdende Großmutter auch den Namen des Mannes heraus, der Josefa beigeschlafen hatte; da es sich jedoch entgegen ihrer Befürchtung um einen ledigen und standesgemäßen Mann handelte, war an eine Lösung zu denken, welche die Ehre der Familie retten konnte.

Diese war im übrigen Anselmo Rodríguez, der sich immer mehr in die Bibliothek zurückzog, als Rechtsanwalt kaum noch Fälle übernahm und bei Gericht nur das Notwendigste tat, ziemlich gleichgültig. Die Erregung, in die seine Gattin geriet, schien ihm unangemessen angesichts der allgemeinen Einrichtung der Welt und ihrer Sitten. Auch war genug Geld im Haus, um einen Esser mehr zu versorgen.

Der Mann, der Josefa geschwängert hatte, José Arriola, ein Textilhändler, der vor einigen Jahren aus Amerika, wo er es zu Wohlstand gebracht hatte, zurückgekehrt war, machte der Familie wenige Tage später seine Aufwartung. Er schien, was Auroras Vater im stillen gefiel, nicht sonderlich zerknirscht, prahlte allerdings mit seinem Reichtum, den er, wie Anselmo Rodríguez seiner jüngeren Tochter anvertraute, doch aus den Indianern und Negern herausgeschunden hatte. Einer Vermählung mit Josefa stehe nichts im Wege, jedoch machen es ihm seine Geschäfte, die ihn mal hierher, mal dorthin führen, vorderhand, ehe er sich zur Ruhe setze, unmöglich, ein ruhiges Familienleben zu führen. Man kam überein, das Kind im Haus der Großeltern zu lassen; Josefa dagegen, die sich bis zum Ende der Schwangerschaft mit ihrer baldigen Mutterrolle nicht anfreunden konnte, wollte das bewegte Leben Arriolas teilen. Frau Carballeira war das nicht unrecht, weil so ein Auseinanderleben des an Alter und Erfahrung ungleichen Paares verhindert werde.

Josefa wurde von einem gesunden Knaben entbunden und packte, kaum daß sie das Wochenbett verlassen konnte, die Koffer, um ihrem Mann nachzureisen. Das Kind, das den Namen seines Vaters erhielt, wurde von einer Amme gesäugt.

Es warb, da ihm die Großmutter wenig Aufmerksamkeit schenkte, bald um die Gunst der Tante, die seine Zuneigung auch erwiderte. Stundenlang trug Aurora das Kind spazieren, beschützte es vor der Ungeduld und dem Unverständnis der Erwachsenen, sang es abends in den Schlaf. War Pepito, wie sie ihn liebevoll nannte, ungehalten oder traurig, dann spielte sie ihm auf dem Klavier Nanas vor, kurze, für Kinder komponierte Musikstücke. Geschah das anfangs in unregelmäßigen Abständen, so wurde daraus alltägliche Gewohnheit, die beide nicht missen wollten. Pepito saß während der Dauer solcher Konzerte auf Auroras Schoß, bewegungslos, gespannt, sichtlich vertieft in den Klang der Töne.

Seine Mutter ließ selten von sich hören. Gelegentlich kamen mit der Post kleine Geschenke *für mein kleines Äffchen, mein Herz, unser artiges Büblein*, buntbemalte Holzpferdchen mit und ohne Wagen, eine Trompete, Zinnsoldaten. Und kolorierte Korrespondenzkarten mit dem Königspalast in Madrid, Sevillas Giralda, den Ramblas in Barcelona. Auf der Rückseite flüchtig hingeschriebene Grußworte, *stell dir vor, Joselito, gestern hab ich den König gesehen, wir waren eingeladen bei den Grafen von Alba, morgen reisen wir nach Paris. Sei schön brav und gehorche deinen lieben Großeltern.* Pepito beeindruckten diese Aufmerksamkeiten nicht; das Spielzeug lag bald unbeachtet in einer Ecke, die Ansichtskarten waren nur so lange von Interesse, als Aurora ihm Geschichten von den Städten, aus denen sie kamen, erzählte.

Den Stoff zu diesen Geschichten fand Aurora Rodríguez in den Büchern ihres Vaters, die sie, wahllos zuerst, verschlang. Bis auf kurze Abstecher in umliegende Dörfer, mehrere Fahrten nach La Coruña, wo

Pilar Carballeira ihre Garderobe zu erneuern pflegte, und den jährlichen Sommeraufenthalten im Landhaus der Familie, dreißig Kilometer landeinwärts, verließ sie El Ferrol in den ersten vierundzwanzig Jahren ihres Lebens nicht. Sie war begierig zu erfahren, was in der Welt vor sich ging, hing an den Lippen ihres Vaters, wenn er im Kasino, wohin sie ihn begleiten durfte, an die Taten der Freiheitshelden erinnerte und vorsichtig, aber beständig, die soziale Not zur Sprache brachte, der nur mit einer völligen Neuordnung der Gesellschaft beizukommen wäre.

Im Kreis der Notare, Ärzte und Offiziere der Garnison konnte man sich nicht vorstellen, wie dieser etwas kauzige Rodríguez die Übel der Welt abschaffen wollte.

Lieber Kollege, Sie reden ja den Mordbuben in Andalusien das Wort.

Aber nein, von Gewalt halte ich nichts.

Eben. Für alle kann es nun einmal nicht reichen. Und unser Leben ist auch kein Honiglecken.

Auroras Vater widersprach. Uns geht's gut. Wir haben mehr, als uns zusteht. Und wem verdanken wir das? Doch dem Unwissen des gemeinen Volkes, das sich zu zahlreich fortpflanzt, weil es um die einfachsten Regeln der Natur nicht Bescheid weiß. Weil es dumm ist. Und da sie so wenig Boden besitzen, der kaum ausreicht, einen einzigen zu ernähren, werden die Armen gezwungen, Tätigkeiten auszuüben, die so schlecht bezahlt sind, daß sie wieder nur dahinvegetieren können oder Mord und Totschlag begehen, um sich das ihnen Vorenthaltene auf eine andere Weise anzueignen.

Ein Staatsanwalt, der auch am Tisch saß, protestierte gegen diese einseitige, *demagogische*, Erklärung von Verbrechen. Damit entschuldigen Sie ja jede Bluttat.

Anselmo Rodríguez ließ sich nicht beirren. Diesen bedauernswerten Geschöpfen, die immerhin achtzig Prozent unserer Bevölkerung stellen, hier in Galicien noch mehr, wird im Laufe ihres Lebens keine Gelegenheit geboten, Wissen zu erwerben. Die Kirche schirmt sie davor ab, füttert sie mit Aberglauben. So bringen sie wieder wie Kaninchen Kinder auf die Welt, sind im Bemühen, ihnen das tägliche Brot zu verschaffen, natürlich außerstande, sich zu bilden.

Wie das zu ändern wäre.

Jedenfalls durch eine Bevölkerungspolitik, die Aufklärung beinhalte, sexuelle Enthaltsamkeit, die man notfalls auch, am Anfang, mit Gewalt herstellen müsse. Gibt es weniger Arme, ist der Reichtum besser verteilt.

Das leuchtete ein. Die Männer gingen zur Tagesordnung über und besprachen kuriose Rechtsfälle, die jüngsten Erlasse des Heeresministers und die Fortschritte der Medizin. Schließlich spotteten sie über die letzte Predigt des Stadtpfarrers; obwohl sie Freidenker waren, versäumte keiner von ihnen das Hochamt.

Von einer Reise in den Süden, in die ihn ein langwieriger Rechtsstreit unter Geschwistern geführt hatte, kehrte Anselmo Rodríguez gut gelaunt zurück. Zwar mußte er erkennen, daß die Lage für seinen Mandanten noch um einiges verworrener war, als er vor seiner Abreise geglaubt hatte, auch konnte er in einige der Dokumente, die er beschaffen wollte, nicht Einsicht nehmen, war aber, wie er seiner Tochter erzählte, bei der Fahrt von Sevilla aus ostwärts durch Zufall auf ein Gut gestoßen, das seit dem Tod des Vorbesitzers von mehreren Tagelöhnern gemeinsam bewirtschaftet und verwaltet wurde.

Man muß sich das vorstellen, sagte Auroras Vater, ein freiwilliger, durch den Altruismus des früheren, an Schlagfluß verstorbenen Eigentümers allerdings erst ermöglichter Zusammenschluß einfacher Leute, dreißig Männer mit ihren Familien. Und es reicht, trotz der Feindseligkeit benachbarter Großgrundbesitzer, die nachts ihre Knechte losschicken, um die Felder zu verwüsten, so daß sich die Gemeinschaft zu größter Wachsamkeit gezwungen sieht, es reicht zu einem menschenwürdigen Dasein. Auf lange Sicht freilich kann nur Unabhängigkeit durch Selbstversorgung den Erfolg garantieren, größere Einheiten also, dreihundert Familien auf viertausend Hektar ertragsreichem Boden, das sichert bei gemeinsamer Bewirtschaftung die Ernährung. Auch für die Kleidung wäre zu sorgen, es müßte Vieh gehalten werden, Rinder, Schweine und Schafe, deren Wolle vor der Kälte schützt. Ob Bauer oder Schuster, Schmied, Wagner, Bäcker – alle würden ihren Fähigkeiten und Neigungen entsprechend eingesetzt. Niemand müßte entlohnt werden. Alles beruhte auf Freiwilligkeit. Geld wäre abgeschafft. Jeder Beschluß würde gemeinsam gefaßt. Es gäbe keine Unterordnung, keinen Zwang, kein Fügen.

Und die Frauen? fragte Aurora. Und die Kinder?

Die Kinder machten ihm kein Kopfzerbrechen. Sie würden in einer solchen Lebensgemeinschaft frei heranwachsen, könnten ihre Anlagen ungestört entfalten. Die Eigenschaften der jetzigen Gesellschaft, Neid, Selbstsucht, Habgier, würden anfangs noch das Zusammenleben belasten. Die nächste Generation aber wäre bereits frei davon. Ja, den Kindern würde es viel leichter fallen, diese neue Form menschlichen Zusammenlebens als die einzig natürliche zu begreifen. Von klein auf wären sie mit den verschiedenen Arbeitsvorgängen in den Werkstätten, auf den Feldern und im Wald vertraut. Sie würden spielend lernen, wie man spinnt, melkt, Wagenräder baut, Gräben zieht, Schafe schert, anbaut und erntet. Wer sich zum Arzt berufen fühlt, wird alles über die heilende Kraft von Kräutern erfahren, wird lernen, wie man gebrochene Knochen schient, wird bei Geburten dabei sein.

Aber die Dienstboten!

Es gibt keine Dienstboten. Weder Herren noch Diener. Keine Vorrechte, auch nicht das des Mannes über die Frau. Schwere körperliche Arbeiten würden die Männer leisten müssen. Andererseits sind Frauen viel geeigneter für Tätigkeiten, die Geschicklichkeit erfordern und Geduld. Alle Gesetze, die das Leben der Frauen einschränken, müßten fallen. In der Ehe dürfte sich der Mann nicht das Recht herausnehmen, über die Frau zu verfügen. Überhaupt ist zu überlegen, ob so eine Lebensweise die eheliche Gemeinschaft erfordert.

Aber warum erzählte er ihr das alles?

Es ist doch sinnlos. Dieses Land ist verdorben von Grund auf. Niemand kann sich einen anderen Zustand als den bestehenden vorstellen. Die Reichen nicht, weil sie nicht arbeiten wollen, und die Armen nicht, weil sie nie denken gelernt haben. Oder weil sie hoffen, auch einmal reich zu werden. Die Männer nicht, weil sie über den Frauen stehen, und die Frauen nicht, weil sie sich mit ihrer Rolle abfinden und jede unter ihnen, die dagegen ankämpft, mit Spott und Verachtung strafen. Ja, die Frauen sind wie Hyänen, und wenn sich in Spanien nichts ändert, dann deshalb, weil die Pfaffen die Frauen auf ihre Seite gezogen haben.

Aurora Rodríguez konnte sich schwer damit abfinden, zu diesem von ihrem Vater geringgeschätzten Geschlecht zu gehören. Vieles von dem, was den Brüdern gestattet war, verbot man ihr. Sie steckte in unbequemen Kleidern, deren Anziehen ihr morgens viel Zeit wegnahm, mußte lernen, ihre Stimme zu dämpfen, sollte einem Mann nie in die Augen schauen. Ab dem zwölften Jahr durfte sie allein nicht mehr auf die Straße gehen. Daß ihr Vater sie hin und wieder ins Kasino mitnahm, war für Frau Carballeira ewiger Anstoß.

Als sie mit vierzehn Jahren zum erstenmal ihre Menstruation bekam, erschrak Aurora. Anders als ihre Schwester glaubte sie aber nicht zu verbluten. Von der Lektüre medizinischer Ratgeber, in der Bibliothek des Vaters, wußte sie, was es damit auf sich hatte. Doch sie sah sich jetzt endgültig als Frau, Mensch zweiter Klasse, und war überzeugt, daß ihr im Leben vieles vorenthalten bleiben würde. Ihr Leben ändern, dergestalt, daß sich *alles* änderte – es schien ihr beinahe aussichtslos.

Dazu kam, daß sie Pepito verlor, den sie längst als ihr zugehörig angesehen hatte. Aus dem Sohn der Schwester war unter ihren Händen ein Wunderkind geworden, so stand es in den Zeitungen: der wiedergeborene Mozart.

Begonnen hatte es mit einer Jota, die Aurora Rodríguez, auf dem Schoß den dreijährigen Neffen, auf dem Klavier gespielt hatte. Plötzlich, mitten im Stück, schob Pepito die Hände seiner Tante zur Seite und schlug selbst die Töne an, *reiner, besser, als ich es je getan hatte.* Aurora war begeistert. Sie rief die Familie zusammen, den Vater, der in seinem Arbeitszimmer saß, die Mutter, eben noch ein Stubenmädchen zum Gebrauch des Staubwedels anhaltend, den jüngsten Bruder. Da standen sie neben dem Klavier und bewunderten die musikalische Begabung des Kleinkindes (noch näßte es ein, nachts), *mein Werk*.

Zwei Monate später gab Pepito sein erstes Konzert, im Kreis von Freunden und Bekannten, dann im Theater von El Ferrol. Ein besserer Lehrer mußte her, Aurora war jetzt nicht mehr gefragt. Dann meldete sich auch Josefa wieder, *mein kleines Äffchen*, auf einmal war Platz für das Kind in der Familie Arriola, auch wenn Pepito heulte und strampelte, als man ihn abholte.

Was sollte ein Genie in dieser vergessenen Ecke des Landes, unter ungebildeten Kleinstädtern? In der ganzen Stadt war kein Lehrer mehr aufzutreiben, der sich zugetraut hätte, dem Jungen noch etwas beizubringen. In Madrid, versprachen seine Eltern, kommen nur die allerbesten Musikpädagogen in Betracht, dort gibt es auch ein reichhaltiges künstlerisches Angebot – eine Weltstadt eben.

Tatsächlich erreichten die Familie Rodríguez häufig Nachrichten aus der Hauptstadt, begeisterte Briefe von Josefa mit beigelegten Zeitungsausschnitten, *Pepe Arriola erobert Madrid*, Konzerte im Ateneo, im Königspalast, im Teatro Real. Aurora suchte vergeblich nach Hinweisen, Zeichen, daß ihr Neffe sie nicht vergessen hatte. Dann übersiedelten die Arriolas nach Paris, *José Arriola, das spanische Wunderkind. Ein vierjähriger Pianist erobert Europa.*

Später wurden die Briefe spärlicher, die ausgeschnittenen Zeitungsmeldungen kürzer, Provinzblätter jetzt und immer weniger aus der überregionalen Presse, auch im Ton schärfer oder gelangweilter, dann war es still um den Neffen. Dessen Abstieg zum Barpianisten bekamen die Großeltern nicht mehr mit.

Pilar Carballeira starb, als Aurora Rodríguez im fünfzehnten Lebensjahr stand. Es war kein Tod, auch wenn er unerwartet eintrat, der die Tochter zu erschüttern vermochte. Sie hatte den Eindruck, daß sich jetzt freier atmen ließ, zum erstenmal war im Haus das Lachen und Singen der Dienstmädchen zu hören, auch Anselmo Rodríguez wirkte gelöster, er begann, Aurora als Gesprächspartnerin ernst zu nehmen. Die Freidenkerrunde wich vom Kasino immer öfter in seinen Salon aus, in ihr war die Tochter, die jetzt regelmäßig an den Zusammenkünften teilnahm, das einzige weibliche Wesen.

Sie las viel, mehr als die anderen Teilnehmer der Tertulias, der Vater ausgenommen, in ihrem ganzen Leben an Gedrucktem verdaut hatten; manchmal glaubte sie auf den Grund der Dinge zu blicken, spürte, daß sie vielen, den Gleichaltrigen jedenfalls, einiges voraus hatte: das Wissen aus Büchern, die innere Unruhe, Wohlstand auch, den Wunsch nach einem anderen Leben. Trotzdem sah sie keinen Ausweg, glaubte schon jetzt, als halbes Kind, am Ende ihrer Entwicklung angelangt zu sein. Ja, wenn sie ein Junge wäre; oder wenn sie jemand von klein auf so gefördert hätte wie sie, unbewußt, den armen Pepito. Aber die Kindheit war für sie eine verlorene Zeit, und sie gehörte zum verdammten Geschlecht, das, wie Hildegart schreiben sollte, rechtlos und verachtet dahindämmert: *In diesem Land wirkt die öffentliche Meinung wie eine starke Strömung, die eine Frau mit sich reißt, bis sie ein Strudel erfaßt, der sie endgültig in die Tiefe zieht. In der Tat: was für Talente, was für Fähigkeiten, welche moralischen und geistigen Größen unter den spanischen Frauen werden durch die Öffentlichkeit unfruchtbar und verdorren!* Die öffentliche Meinung beherrschte auch die Tertulias im Hause Rodríguez. Hatte man eben noch kühne Gesellschaftsmodelle diskutiert, mit denen der Rechtsanwalt nach und nach herausrückte, so wurden, kam die Rede auf die Lage der Frauen, Bemühungen um ihre Verbesserung (›mit Erlaubnis von Fräulein Aurora‹) verworfen: *Dem sittigen Weib brich das Bein und sperr es ein.*

Nicht ein-, sondern ausgesperrt fühlte sich Aurora Rodríguez. Was stünde ihr offen? Was gäbe es zu tun? *Bis auf wenige Ausnahmen kann die Frau in Spanien ihren Lebensunterhalt nicht bestreiten. Der Verdienst einer Näherin oder Wäscherin deckt gerade nur die Ausgaben. In den Fabriken verdienen Spaniens Frauen im allgemeinen zuwenig. Entweder behandelt man sie wie Hilfskräfte oder zieht ihnen Männer vor. Bei harter körperlicher Arbeit in der Landwirtschaft, in Bergwerken, beim Straßenbau und so weiter wird die Frau, auch wenn sie genausoviel oder noch mehr als der Mann leistet, viel schlechter entlohnt. Nicht besser ergeht es den Lehrerinnen, deren Einkommen nicht einmal zum Essen reicht. Von einigen wenigen Posten in den größeren Städten abgesehen, fehlt es ihnen an allem, sofern sie nicht über andere Einnahmen verfügen. Auch als Künstlerin ist die Frau in Spanien mittellos. Vorurteile und mangelnde Kenntnisse verschließen ihr den Zugang zur Architektur und zur Bildhauerei; für Neureiche fertigt sie Kopien geschmackloser Gemälde an, bemalt Fächer, Kassetten und Porzellan; aber selbst das, ohnehin von geringem Wert, ist die Ausnahme, denn im allgemeinen dominieren auch hier die Männer. Ähnliches läßt sich von der Musik sagen: nur in den Großstädten gibt es ein paar Frauen, die sich mit Klavierstunden über Wasser halten. Unter den Wissenschaftlern gibt es nur Männer. Falls eine Frau, was höchst selten der Fall ist, auf einem Gebiet Herausragendes leistet, so hilft ihr das nicht; ihren Lebensunterhalt kann sie nicht bestreiten: unüberwindbar sind die Schranken der öffentlichen Meinung und des Gesetzes.*

Aurora Rodríguez, die befürchtete, es nicht weit zu bringen, begeisterte sich für die Idee vom gemeinsamen Haushalt. Der Kern einer neuen Gesellschaft! Sie entwarf einen Plan, zeichnete Stallungen, Wohnräume, Studierzimmer, verwarf deren Anordnungen am nächsten Tag, machte sich erneut an die Arbeit. Alles mußte einen Sinn haben, nichts durfte dem Zufall überlassen werden. Der Misthaufen in der Nähe des Wohntrakts zum Beispiel wäre der Hygiene abträglich, die Senkgrube stellte eine Gefahr für Kinder dar. Der Speicher müßte, wie in Galicien üblich, auf Säulen stehen, damit Mäuse und Ratten nicht hineinkämen; aber würde das nicht auch einen Wärmeverlust bedeuten und einen unnötigen Bedarf an Baumaterial? Und erst die dreihundert Familien: sollten sie zusammenleben, in einem einzigen weitläufigen Gebäude, oder verstreut auf mehrere Häuser? Sollte gar ein Dorf entstehen, jede Familie für sich allein? Würde das nicht die gemeinsame Arbeit erschweren, auch den Aufbau einer echten Gemeinschaft unmöglich machen, weil in der Vereinzelung die alten Gewohnheiten überlebten, Gewalt, Mißtrauen, Eigensinn? Und wer regelte die Arbeit, beschloß, was getan werden müßte; eine Versammlung aller? Das würde viel Zeit kosten. Ausschüsse der einzelnen Arbeitsbereiche, Feldbau, Viehzucht, Handwerk? Aber dann spezialisierte sich jeder auf seinem Gebiet, verlor leicht den Überblick und konnte entsprechend schwer, sobald ihm seine Tätigkeit nicht mehr zusagte, in einen anderen Bereich hinüberwechseln. Oder Delegierte aus jeder Familie? Dann wären es wieder die Männer, die zusammensäßen. Und die Kinder? Sie wußten zuwenig, um Verantwortung zu tragen. Andererseits wären sie die einzigen, die frei heranwuchsen, ohne den Ballast des Alten, das in ihren Eltern noch weiterlebte.

Aurora Rodríguez bat ihren Vater oft um Rat. Endlich, als er ihre Fragen nicht mehr beantworten wollte, verwies er sie auf die Schrift, der er seine Kenntnisse entnommen hatte. Aurora las sie mühsam, mit einem Wörterbuch daneben. Auch da blieben noch Fragen offen. Sie schrieb an den Verlag. Nach mehreren Monaten kam die Antwort: Man könne ihr nicht helfen, der Autor des Werks, Charles Fourier, sei bereits 1837 gestorben. Kein Grund, dachte Aurora, dieses Vorhaben aufzugeben. Die Leute ließen sich schon finden. Kapital hatte der Vater. Das benötigte Areal galt es zu suchen. Sie begann, die Anzeigen in der Zeitung aufmerksam zu lesen. Nach sechs Wochen fand sie ein Angebot, das ihren Vorstellungen entsprach. Bei Alcalá de Henares, in Kastilien, im Osten der Hauptstadt, sollte ein Anwesen veräußert werden, hundertfünfzig Hektar, viel zu klein für dreihundert Familien, aber erschwinglich, wenn Anselmo Rodríguez sein ganzes Vermögen hergab. Für den Beginn wäre ein kleineres Gut sogar besser, hätte mehr Erfolgsaussichten, weil es übersichtlicher wäre; anfangs, bis alles lief, gäbe es ohnehin Probleme. Außerdem lag das Land ringsum brach, wie sie auf ihre Anfrage erfuhr, man könnte es also dazupachten, wenn sich das Projekt gut anließ, vielleicht auch kaufen.

Aurora, die die Korrespondenz mit dem Anbieter im geheimen abgewickelt hatte, eröffnete die Neuigkeit ihrem Vater nach dem Abendessen. Entgegen ihren

Erwartungen zeigte er sich nicht begeistert. Er lachte nur. Als er ihre Enttäuschung bemerkte, versuchte er Aurora klarzumachen, wie sinnlos das Vorhaben war.

Ich bin ein alter Mann. Mein ganzes Leben habe ich nicht körperlich gearbeitet. Ich wäre keine Bereicherung für ein solches Unternehmen. Das braucht ganze Männer, jung, kräftig. Und du bist noch ein halbes Kind, darfst meine Äußerungen nicht so wörtlich nehmen. Stammtischgerede.

Ein Jahr später starb Anselmo Rodríguez.

3

Am Tag ihrer Großjährigkeit ließ Aurora Rodríguez in einer Zeitung der Stadt bekanntmachen, daß sie in andere Umstände zu kommen gewillt sei, daß der Vater zu dem Kind, das sie gebären wolle, sich melden möge; daß sie allerdings entschlossen sei, ihn nicht zu heiraten noch eine andere, eheähnliche Verbindung mit ihm einzugehen. Aurora fügte der Nachricht hinzu, daß jeder, der bereit war, eine so kurze, auf den Akt der Zeugung beschränkte Verbindung einzugehen, gesund an Körper und Geist sein müsse, also über das im Land herrschende vulgäre Mittelmaß erhaben.

Auroras ältester Bruder, der als einziger der Familie noch in El Ferrol ansässig war, schlug am Tag nach Bekanntwerden dieser Aufforderung seiner Schwester ins Gesicht. Er kam betrunken aus dem Königlichen Segelklub, wo seine Freunde die Neuigkeit kommentierten und mit ihrem Spott auch ihn nicht verschonten. Aurora wehrte sich nicht gegen seine Schläge, schrie nicht auf und wich keinen Schritt zurück. Dieses Verhalten ernüchterte ihren Bruder. Zögernd drehte er sich um und verließ das Elternhaus.

Es war das letzte Zusammentreffen der Geschwister. Das vorletzte, sieht man von zufälligen Begegnungen auf der Straße ab, erfolgte am Tage des Begräbnisses von Anselmo Rodríguez, als auf Drängen des ältesten Bruders und der Schwester das Testament eröffnet wurde. Das dem jüngeren Bruder zustehende Erbteil wurde, da man von ihm nur wußte, daß er trotz seiner Jugend das Glück irgendwo in Amerika suchte, einem Prokurator zur Verwahrung übergeben. Dem Älteren, der keiner geregelten Arbeit nachging, kam das Vermögen sehr gelegen. Auch Josefa, die in der besseren Gesellschaft von Paris verkehrte, brauchte das Geld, um ihren aufwendigen Lebenswandel zu bestreiten, zumal José Arriola mit einigen Geschäftsabschlüssen Pech gehabt hatte.

Aurora Rodríguez bekam, da sie erst siebzehn Jahre alt war, einen Vormund. Dem letzten Willen ihres Vaters entsprechend, wurde dazu Doktor Ochoa bestimmt, ein liebenswürdiger, wenngleich etwas einfältiger Mann, der als Hausarzt der Familie seit langem verbunden war. Aurora hatte wenig Lust, das Elternhaus zu verlassen. Aber es blieb ihr nichts anderes übrig, als ein Zimmer im Hause des Arztes zu beziehen; undenkbar, daß sie sich der Anordnung widersetzte. Außerdem freute sich Ochoas Frau, deren Ehe kinderlos geblieben war, auf weibliche Gesellschaft. Aurora Rodríguez bestand aber darauf, täglich die Bibliothek ihres Vaters aufzusuchen. Das war nun wieder der Gemahlin von Doktor Ochoa nicht recht, die sich um Kurzweil betrogen glaubte und um den guten Ruf des Hauses fürchtete. Ihr Mann, um ein Machtwort gebeten, gestattete seinem Mündel eine mit drei Stunden täglich bemessene Studierzeit im Elternhaus, ermahnte Aurora aber, dabei nicht ihre gesellschaftlichen Verpflichtungen zu vergessen, da sie allmählich in heiratsfähiges Alter kam.

Mit Unmut nahmen die Erziehungsberechtigten Auroras Bemühen um die Bildung der niederen Stände zur Kenntnis. Ihr Versuch, im Volksheim El Ferrols den sozialistisch gesinnten Arbeitern Lesen und Schreiben beizubringen, fand freilich ein rasches Ende. Am ersten Abend hatten sich viele Männer eingefunden, von denen die meisten, als sich das Mädchen als ihre Lehrerin vorstellte, aufstanden und den Raum verließen. Das nächste Mal wartete sie vergeblich auf Schüler. Aurora glaubte zu erkennen, daß diese Scheu nichts mit ihrer Person, wohl aber mit ihrem Alter und Geschlecht zu tun hatte. Deshalb regte sie an, in einer Reihe von Vorträgen die Arbeiter zu größerer Achtung gegenüber den Frauen anzuhalten. Deren Geringschätzung hielt sie für eines der größten Übel des Landes. *Unter den modernen Zivilisierten sind die Spanier am wenigsten nachsichtig mit dem weiblichen Geschlecht; so sind sie denn auch hinter allen europäischen Nationen zurückgeblieben und haben sich weder in den Wissenschaften noch in den Künsten ausgezeichnet.* Die Parteifunktionäre lehnten ab. Wir würden uns damit selber schaden. Den Klassenkampf wollen die Arbeiter, nicht Krieg in der eigenen Familie. Und der Franzmann Fourier, den sie da bemüht, ist ein Wirrkopf gewesen, ein kleiner Bankangestellter mit krausen Gedanken, dem schon Marx die Ohren langzog.

Aurora Rodríguez gab nicht nach. Gegen Bezahlung ließ sie einen Aufsatz in die Zeitung setzen, anonym, in dem sie den isolierten Haushalt und die Unauflöslichkeit der Ehe als Nachteil auch für die Männer anprangerte, *ersonnen wie von einem dritten Geschlecht (den Herrschenden), um die beiden anderen zu vielen Unannehmlichkeiten zu verurteilen.*

Einer jungen Dame der besseren Gesellschaft, schrieb der Bildungsreferent der Gewerkschaft in seiner Antwort, die es vorzog, ihren Namen nicht preiszugeben, fällt angesichts der Not der Arbeiter nichts Besseres ein, als die Befreiung der Frau zu fordern. Als gäbe es in dieser Stunde nicht Wichtigeres zu tun! Die blasierte Maid aus dem ehrsamen Bürgerhause soll doch einmal ihr modern eingerichtetes, angenehm durchwärmtes Wohngemach mit dem erbärmlichen Lager einer Baracke vertauschen. Oder eine Wäscherin mit fünf Kindern nach ihrem größten Wunsch fragen. Eine gerechtere Entlohnung, ein menschenwürdiges Zuhause! würde sie zur Antwort bekommen. Den Männern wollen nur gelangweilte Frauen aus reichem Haus an den Kragen. Sollen sie doch. Aber sie mögen uns mit ihren geistigen Ergüssen verschonen.

Aurora war enttäuscht: Von den Arbeitern ist nichts

zu erwarten. Ihren Führern geht es nur um materielle Bedürfnisse. Weiter können sie nicht denken.

Das Hemd ist den Armen nun einmal näher als der Rock.

Trotzdem. Die Arbeiter müssen die Last des Alten, Verkommenen abschütteln. Einer neuen Moral folgen, sich bilden.

Man darf von ihnen nicht zuviel verlangen. Nach zehn, zwölf Stunden Arbeit, dazu ein feuchtes Loch zum Schlafen, eine Schar Kinder zu Hause.

Der Neffe von Doktor Ochoa, Juan Pardo, ein geduldiger Zuhörer und anregender Gesprächspartner, war von gewinnendem Äußeren, im Gegensatz zu den anderen Offizieren bescheiden und skeptisch, was Sinn und Aufgabe der spanischen Armee betraf. Seine Verwandten sahen es nicht ungern, daß er häufig bei ihnen verkehrte. Der ruhige, von den Rekruten geschätzte Rittmeister und die gebildete junge Waise aus gutem Haus gaben kein schlechtes Paar ab. Auch schienen sie Gefallen aneinander zu finden, wenngleich ihre Unterredungen, wie Frau von Ochoa fand, den Rahmen des Üblichen sprengten. Die Themen, die Aurora Rodríguez zur Sprache brachte, waren ein wenig ausgefallen; überhaupt wirkte Aurora zu ernst und grüblerisch, würde sich über kurz oder lang auch an den Büchern die Augen verderben. Äußerlichkeiten, wie die Pflege des Teints und die Wahl eleganter Kleidung, die einem Mädchen wohl anstanden, hielt sie für belanglos.

Doktor Ochoa versuchte die Bedenken seiner Gattin zu zerstreuen. Auroras Verhalten ist nicht besorgniserregend, verfehlt auch nicht seine Wirkung auf Männer, die mehr wollen als Schönheit und Flitter. Im übrigen gerät sie nach ihrem Vater. Der alte Rodríguez war ja auch eigen.

Eben, sagte seine Frau. Und später einmal wirfst du mir vor, auf Aurora zu wenig Einfluß ausgeübt zu haben.

An der Tätigkeit ihres Vormunds zeigte Aurora reges Interesse. Solange drängte sie, bis er ihr gestattete, ihn bei Visiten begleiten zu dürfen. Doktor Ochoa stand im Ruf, ein weiches Herz zu besitzen. Der Bitte mittelloser Arbeiter oder Kleinbauern, kranke Angehörige aufzusuchen, kam er, anders als seine Kollegen, die sich dafür wenigstens mit Schaffleisch, Eiern und Kartoffelsäcken bezahlen ließen, häufig unentgeltlich nach. Meist aber, gestand er seinem Mündel, war er mit seiner Kunst am Ende. Entweder rief man ihn zu spät, wenn die Patienten schon im Sterben lagen, oder verlangte von der Heilkunst Unmögliches: Der Maurer mit dem gebrochenen Arm mußte sich schon am nächsten Tag auf der Baustelle einfinden, der Hafenarbeiter seine Lungenentzündung in vierundzwanzig Stunden ausheilen. Tuberkulose und Schwindsucht betrachtete Doktor Ochoa, namentlich unter den Kindern, als nationale Übel. Er riet zu Aufenthalten in der trockenen, reinen Luft der kastilischen Sierra und zu kräftiger Kost, Fleischbrühe etwa. Aber niemand unter den Armen, notierte sich Aurora, verfügt über die Mittel der Genesung. Wenig zu essen haben die Leute in den Weilern Galiciens. Selten nur kommen sie zu Fleisch, und Wein ist sogar in den Anbaugebieten Luxus. Hauptnahrung ist für gewöhnlich Brot, dazu Gemüse mit etwas Öl. Die Männer träumen von einem neuen Sonntagsanzug, mit dem sie sich, ihrer Meinung nach anständig gekleidet, in der Kirche oder auf dem Marktplatz sehen lassen können.

Jahrzehnte später erklärte Aurora Rodríguez dem Journalisten Eduardo de Guzmán, der sie im Gefängnis aufsuchte, daß sie in dieser Zeit die volle Tragweite der Fortpflanzung abzuschätzen begann.

Würden die Leute nur nicht so viele Kinder in die Welt setzen, sagte sie zu Juan Pardo. Wo es doch eins oder zwei auch täten. Viel mehr überleben auch gar nicht.

Was will man machen, sagte der Mann. Kinder sind halt ein Geschenk des Himmels.

Unsinn, rief Aurora Rodríguez, bloß das Ergebnis biologischer Vorgänge!

Ach Aurora, lassen Sie uns doch das bißchen Romantik.

Mit dieser Art von Romantik wird sich aber nichts auf der Welt ändern.

Wie dann?

Nur mit Vernunft und Disziplin.

Viele haben es damit schon probiert. Und sind gescheitert.

Weil sie auf ihre Aufgabe nicht vorbereitet waren.

Das ist unvermeidlich.

Und doch ließe es sich machen. Man müßte ganz logisch vorgehen. Die Eltern sorgfältig auswählen. Die Zeugung. Und ab diesem Zeitpunkt völlige Kontrolle. Vom Augenblick der Geburt an hätten alle Anstrengungen dem Kind zu gelten. Die bestmögliche Ausbildung. Keine Ablenkung. Kein Müßiggang.

Der Mann lachte. Aurora schwieg. Er schaute sie an.

Nicht böse sein. Sie haben sich da in etwas verliebt, was nicht Fleisch hat und nicht Blut.

Und sie hatte gedacht, er wäre nicht so wie die anderen.

Ich habe Verständnis. Ich begreife Ihren Wunsch. Aber ich will keinen Erlöser. *Ein* Jesus Christus genügt mir.

Es müßte sowieso ein Mädchen sein, sagte Aurora. Weil es auch um die Frauen geht. Vor allem darum.

Nach ihrem dreiundzwanzigsten Geburtstag begann Aurora Rodríguez, den auf sie entfallenden Anteil an Gütern im Familienbesitz zu liquidieren. Die Nachricht von der skandalösen Anzeige machte in der Stadt schnell die Runde. Aurora, die mit dem Erreichen der Großjährigkeit wieder in das Elternhaus übersiedelt war und sich Ochoas Neffen gegenüber verleugnen ließ, bekam die Folgen zu spüren. Auf der Straße verweigerten ihr Bekannte den Gruß, schauten an Aurora vorbei oder wechselten den Gehsteig. Halbwüchsige liefen ihr nach, machten obszöne Gesten, alte Frauen bekreuzigten sich.

Nachts schlichen Männer um das Haus. Einmal läutete sie ein ganzer Trupp Soldaten aus dem Schlaf; der mutigste versicherte Aurora unter dem Gelächter der übrigen, daß jeder von ihnen Manns genug sei, ihr ein Kind zu machen.

Das waren noch nicht die Schlimmsten. Ekelerregender fand Aurora Rodríguez die Männer, die vorgaben, sie zu verstehen, und die behaupteten, nur der Sache dienen zu wollen, *während sie mich,* wie sie Guzmán erzählte, *mit ihren Blicken schon auszogen.* Sie dachte an Flucht, bloß weg von hier, Madrid oder Barcelona, eintauchen in die Großstadt, unerkannt, Atem holen, die ererbten Güter von einem Rechtsanwalt veräußern lassen, bis eines Tages der Priester vor ihrer Tür stand.

Als solcher war er nicht zu erkennen. Mitte dreißig, groß, breitschultrig, braungebrannt, wirkte er eher wie ein Seefahrer. Das sei er auch, nämlich Geistlicher in der Handelsmarine, und wenn er sich angewöhnt hatte, auf seinen Habit zu verzichten, so deshalb, weil in der christlichen Seefahrt nicht Betschwestern gefragt seien, sondern Männer mit starken Armen. Außerdem stehe er der Kirche kritisch gegenüber, halte nichts von den Vertröstungen aufs Jenseits, um so mehr aber von

Versuchen, dieses Meer von Tränen erträglich zu machen. Deshalb auch seine Vorsprache.

Sie haben die Anzeige gelesen?

Da sei er noch auf hoher See gewesen. Nein, erst gestern habe er in einer Gaststätte zwei Männer darüber reden hören. Durch ihre Bemerkungen neugierig geworden, habe er sich in die Unterhaltung eingemischt und vom Inhalt der Notiz erfahren.

Sie wissen also, worum es mir geht?

Dem Sinn nach. Er wisse auch, daß der Mann nachher aus ihrem, Auroras, Leben zu verschwinden habe. Und daß er das Kind nicht sehen dürfe.

Kommt Sie das nicht hart an?

Keineswegs. Als Geistlicher, dem jedoch die körperlichen Bedürfnisse der Menschen weit mehr am Herzen lägen, und als Seefahrer wäre es ihm, ganz im Gegenteil, unmöglich, eine längere Bindung einzugehen, selbst wenn er danach strebte.

Ohne von Aurora Rodríguez dazu aufgefordert zu werden, erklärte der Priester, daß wohl noch nicht der Augenblick gekommen sei, um Ort und Zeit der fleischlichen Vereinigung festzusetzen. Er verfüge über wenigstens vier Monate Landurlaub, so daß sie einander besser kennenlernen könnten. Das Fräulein wäre dann imstande, sich ein Urteil über seinen Charakter zu bilden und habe selbstverständlich das Recht, ihn als Vater des zu zeugenden Kindes gegebenenfalls abzulehnen. Seine Gesundheit? Bis auf die üblichen Kinderkrankheiten und Fleckfieber, mit dem er vor Barbados monatelang darniedergelegen sei, könne er sich an keine Schwächung seines Körpers erinnern. In der Familie sei ihm kein Fall einer chronischen Erkrankung oder geistigen Zerrüttung bekannt. Anders als der Großteil der Seefahrer habe er nie an einer Geschlechtskrankheit gelitten, wiewohl er das Gelübde der Enthaltsamkeit für seine Person ablehne. Im übrigen ließe sich sein körperliches Befinden am äußeren Erscheinungsbild ablesen. Sei dieses aber, sein Auftreten, Art oder Inhalt des von ihm Gesagten für Aurora Rodríguez untragbar, so möge sie es ihm sogleich sagen. Er würde gehen, jedes Wiedersehen vermeiden und über den Inhalt der Unterredung strengstes Stillschweigen bewahren.

Nein nein. Bleiben Sie.

4

An einem kühlen Frühlingstag stieg Aurora Rodríguez in der Estación del Norte aus dem Zug. Sofort nach ihrer Ankunft ließ sie sich von einem Pferdewagen in ein zentral gelegenes Hotel bringen, von wo sie in den nächsten Tagen die Stadt auf beschaulichen Spaziergängen zu erkunden trachtete. Madrid hatte 1914 sechshunderttausend Einwohner, die sich auf ein kleines Gebiet innerhalb der sogenannten Bulevares, den Viejas Rondas und dem übelriechenden Flußbett des Manzanares, konzentrierten. Die Stadt war für viele ihrer Bewohner das geblieben, was sie bis zu Beginn des Jahrhunderts gewesen war, ein staubiges, lautes Dorf der Mancha; für Aurora Rodríguez eine Metropole. Die junge Frau sah zum erstenmal Straßenbahnen, die vor kurzem noch von Maultieren gezogen wurden, sechs-, ja siebenstökkige Gebäude, zu jeder Tagesstunde überfüllte Kaffeehäuser und Bibliotheken, deren Bestand ihre Erwartungen übertraf. Vor allem aber war es das Verhalten der Passanten, das Aurora Rodríguez beeindruckte: jeder schien auf ein Ziel loszusteuern, hastig und unbekümmert um mögliche Zusammenstöße, was Aurora, die um das Wohlbefinden ihrer Leibesfrucht Sorge trug, zu vorsichtigen Ausweichmanövern zwang.

In der Stadt gab es, anders als in El Ferrol, nur wenige Industriebetriebe. Trotzdem war die Not hinter den Fassaden des eleganten Barrio de Salamanca und der Gran Vía leicht auszumachen. Einen Steinwurf vom Königspalast entfernt, an den Ufern des Manzanares, entlang der Brücken, über welche die Straßen nach Segovia und Toledo führten, lebten die Wäscherinnen, Lumpensammler und Zigeuner in Hütten aus Brettern und Ziegelbruch. Es mangelte ihnen an elektrischem Licht, an Trinkwasser und sanitären Einrichtungen. Kaum besser waren die Wohnverhältnisse in der sogenannten Unterstadt, Hospital, Inclusa und Latina, wo der Großteil der Bevölkerung zu Hause war, in schlecht gebauten, zugigen Häusern mit offenem Stiegenhaus. In jedem Stockwerk lebten zwanzig bis dreißig Familien, drei Generationen zumeist, von denen jede nur über ein Zimmer verfügte, in dem gekocht, gegessen, geschlafen und oft auch gearbeitet wurde.

Im Zentrum der Stadt wollte sich Aurora Rodríguez nicht niederlassen. Die Enge, der Schmutz, das Halbdunkel der Häuser selbst in den besseren Vierteln würde die Entfaltung ihrer Tochter – sie würde eine Tochter haben, davon war sie überzeugt – hemmen. Außerhalb der Stadt, im Nordosten, fand sie, was sie suchte. Eine Pension in La Guindalera, hell, freundlich die Räume, ein ausgedehnter Garten hinter dem Haus. Die Besitzer, ein kinderloses Ehepaar aus Asturien, stießen sich nicht an der Schwangerschaft der ledigen

Frau. So käme wenigstens Leben ins Haus, erklärte der Mann, und für die Kosten könne die zukünftige Mutter wohl aufkommen?

Aurora Rodríguez mietete ein ganzes Stockwerk.

Auf Anraten eines für seine betriebswirtschaftlichen Kenntnisse geschätzten Rechtsanwalts legte sie die Hälfte ihres Vermögens in Aktien von Bergwerksgesellschaften und Zellulosefabriken an. Deren Kurse stiegen im Verlauf des Weltkriegs und in den Jahren danach ins Unermeßliche.

Im übrigen führte die junge Frau ein stilles Leben und versuchte in allen Belangen den in medizinischen Handbüchern angegebenen Lebensregeln nachzukommen. Sie stand zeitig auf, frühstückte, wobei sie Kaffee und andere den Körper erregende Getränke zurückwies, reichlicher als es Landessitte war, und unternahm anschließend einen Spaziergang durch das unbebaute Land zwischen La Guindalera und der eigentlichen Stadt. Um ihre Kräfte nicht zu verausgaben, ging sie sehr langsam, holte auch tief Atem und war gegen zwölf Uhr, ehe die Sonne ihre Wirkung tat, wieder zurück. Sie las dann, bequem auf ein Sofa ausgestreckt, ein oder zwei Stunden, bis es an der Zeit war, das Mittagsmahl einzunehmen. Dabei vermied sie die weit verbreitete Gewohnheit werdender Mütter, sich vom lebhaften Appetit verleiten zu lassen und für zwei zu essen. Bier und Wein, Würste, Essigsalat und reichlich Gewürze verweigerte sie. Auch hielt sie sich beim

Verzehr von Käse und Eiern zurück und genoß Fleisch nur dreimal wöchentlich. Die gewohnten Speisen ersetzte sie durch grünes Gemüse, Obst und verschiedene Körnerfrüchte wie Reis, Buchweizen, Hirse und Hafergrütze.

Nach Tisch plauderte Aurora Rodríguez mit den übrigen Gästen der Pension (einem ehemaligen Oberst, einem verwitweten Konditor), beschränkte aber den Umgang mit ihnen auf den Austausch von Höflichkeiten und Gemeinplätzen, weil ihre Ansichten zu nationalen wie europäischen Ereignissen weit auseinandergingen. Deshalb fürchtete sie, bei einem Eingehen auf bedenkliche Aussagen ihrer Gesprächspartner in einen Zustand der Erregung zu gelangen, der sich auf die Gesundheit des Kindes in ihrem Leib nachteilig auswirken könnte. In einem Ratgeber für werdende Mütter würde Hildegart später vor *Gemütserkrankungen während der Schwangerschaft* warnen. *Um die Leibesfrucht nicht zu schädigen, muß sich die Schwangere unbedingt Schonung auferlegen. Ist sie Arbeiterin, so möge sie gleich zu Beginn körperliche Anstrengungen vermeiden; die Frau aus reichem Haus soll Bälle und andere gesellschaftliche Verpflichtungen absagen, ihre gewohnte Lebensweise also ändern. Denn Gefühlserregungen, die jähen Wechsel des Temperaments und die Ausübung von Sport während der ersten Monate können schwere Mißbildungen der Kinder zur Folge haben. Der Einfluß der Umgebung auf den Geisteszustand von*

Schwangeren ist im übrigen unermeßlich. Kriege, Revolutionen, Aufstände, Hunger, Not und Pest führen zu einem erhöhten Prozentsatz geschädigter Kinder. Als gegen Ende der Schwangerschaft in Europa der Große Krieg ausbrach, zwang sich Aurora sogar dazu, die tägliche Lektüre von zwei, drei Abendblättern einzustellen. Sie wollte ihr Lebenswerk, noch ehe es recht begonnen war, durch Schreckensmeldungen nicht gefährden. Zudem verband sie mit dem gegenseitigen Abschlachten mehrerer Nationen keine Erwartungen auf einen grundlegenden Wandel nach dem Ende des Krieges.

Auch einen Großteil des Nachmittags verbrachte sie im Freien, unter den schattigen Bäumen der Pension, wo sie vor den gefährlichen Wirkungen der Sonnenbestrahlung sicher war. Erst am Abend wagte sie wieder Spaziergänge, dieses Mal nach Osten, aufs freie Land hinaus, war aber bald wieder zurück. So wie sie die Natur aufsuchte, um sich an ihrem Anblick zu erfreuen, verbannte sie auch alles Düstere und Kitschige aus ihrer nächsten Umgebung. Auf ihr Geheiß mußten die Wirtsleute die billigen, geschmacklosen Drucke an den Wänden und, widerwillig, ein schweres Kruzifix an der Stirnseite des Bettes entfernen. An die gegenüberliegende Wand befestigte Aurora Rodríguez eine Reproduktion der ›Venus von Milo‹, auf die ihr Blick, wenn sie erwachte, zuerst fiel. Sie malte sich dann das Gesicht aus, das besser zu diesem Torso passen würde. Sorgen machte ihr die Angewohnheit, ausschließlich auf der rechten Seite zu schlafen. Sie zwang sich dazu, ihre Lage jede Stunde zu wechseln, um die Entwicklung des Kindes nicht zu hemmen.

Obwohl sie Gemütsschwankungen zu vermeiden suchte, geriet Aurora manchmal in einen Zustand tiefer Niedergeschlagenheit, nachts vor allem, wenn sie ihre Absicht, ein Kind in die Welt zu setzen, das die Menschheit oder einen Teil derselben befreien sollte, für vermessen hielt. Anfangs beunruhigte sie das häufige Erbrechen nach dem Frühstück. Da dieses Erbrechen gemäß den ihr zugänglichen Büchern vorzugsweise bei Frauen begüterter Familien auftrat, deutete sie es als Zeichen ihrer verweichlichten Natur, was der Entwicklung des Kindes, wie sie glaubte, nur abträglich sein konnte. Als sich ihr Zustand bald besserte und die Übelkeit zur Mitte der Schwangerschaft ganz verschwand, verwarf sie diesen Gedanken wieder. Dann bedauerte sie, den Priester zur Befruchtung herangezogen zu haben. Wenn er trotz seiner gegenteiligen Beteuerungen an einer Geschlechtskrankheit litt? *Eine gesunde Frau kann, wenn der Mann syphilitisch war, ein syphilitisches Kind gebären, ohne selbst Anzeichen dieser furchtbaren Krankheit zu spüren.* Mit fortschreitender Schwangerschaft regten sich auch Zweifel in ihr, ob sie tatsächlich ein Mädchen gebären würde. Sie hatte wohl gehört, daß in der letzten Woche vor der Menstruation die Kraft der Eizelle am kleinsten sei und daher, wenn Befruchtung in dieser Zeit stattfände, weibliche Geburten überwogen, hatte allerdings beim letzten, entscheidenden Mal diesen Termin, aus Furcht und Ungeduld, nicht mehr eingehalten. Was würde sie mit einem Jungen anfangen? *Sie wollte einen Ableger von sich, noch eine Aurora, eine glücklichere, eine erfolgreichere. Ich sollte ein freier, großzügiger, mutiger Mensch werden, fähig, die Dinge nach meinen, ihren, Wünschen einzurichten. Ich sollte stark sein, klug, schöpferisch und dabei anziehend, alles was ihr selbst fehlte, weil sie aufgrund ihrer Erziehung nur an die Oberfläche des Bedeutenden stieß, wohl wußte, wie die Welt beschaffen sein sollte, aber nicht die Kraft hatte und die Voraussetzungen, sie nach ihrem Bild umzuformen. Ich sollte ihr das Gefühl geben, daß sie eine wirkliche Verbindung zur Welt hatte.*

Auch in den letzten Wochen der Schwangerschaft hielt Aurora Rodríguez ihre Lebensweise bei. Sie hatte sich schon im sechsten Monat mit einer gut empfohlenen Hebamme in Verbindung gesetzt, um die Frau erreichen zu können, falls die Geburt früher als berechnet eintreten sollte.

In der Nacht des achten Dezember setzten leichte Schmerzen im Kreuz ein, die schnell, nach vorne ziehend, an Heftigkeit zunahmen. Aurora rief nach der Hausfrau und bat sie, der Hebamme Bescheid zu sagen. Bis zu deren Eintreffen ging sie in der Wohnung herum, ganz so, wie man es ihr angeraten hatte. Die Geburtshelferin kam, als die Blase sprang und ein starker Erguß des gelblichen Fruchtwassers erfolgte. Aurora Rodríguez nahm, dem Rat der Hebamme folgend, die ihr am bequemsten erscheinende Seitenlage ein und versuchte mit allen ihren Kräften, den sie ankommenden drängenden Gefühlen nachzugeben. Schon nach der dritten Preßwehe war, wie ihr die Hebamme versicherte, die stark behaarte Schädeldecke des Kindes zu sehen. Wenig später kam der Kopf zum Vorschein, dem die Schultern, bei der nächsten Wehe, folgten. Die Hebamme, die die Geburt mit wenigen, aber beruhigenden Worten begleitet hatte, nabelte das Kind ab, badete es und hüllte es in vorgewärmte Windeln, während Aurora bis zur Ausstoßung der Nachgeburt eine kleine Ruhepause gegönnt war.

Eine leichte Geburt, sagte die Hebamme. Und ein gesundes Mädchen. Wie wird es heißen?

5

Nach achtzehn Monaten, im Mai 1916, ließ Aurora Rodríguez ihre Tochter im Geburtsregister der Stadt eintragen. Lange scheute sie diesen Schritt, zu dem ihr von vielen Seiten geraten wurde; sie befürchtete, daß dem Mädchen, da es keiner Ehe entsprungen war, einst Nachteile erwachsen könnten. Um zu erwartenden wiederholten Amtswegen, der Beibringung von Gutachten und abschlägigen Bescheiden zuvorzukommen, gab Aurora, einem plötzlichen Einfall nachgebend, Carmen als Name an, rief die Tochter aber stets Hildegart, Garten der Weisheit, weil der Name, wie sie später vor Gericht erklärte, das Schicksal eines Menschen zu beeinflussen vermöge.

Vom ersten Tag an bemühte sich Aurora, dem Mädchen eine besondere Erziehung zuteil werden zu lassen. Mit allen Kräften förderte sie Hildegarts Spieltrieb, da doch, wie sie wußte, das Kind beim Spielen seine Kräfte erprobt, die Umgebung studiert, Experimente macht, gesammelte Beobachtungen anwendet und an Geist und Kraft wächst. Anfangs bedauerte sie, ihre Tochter im Winter geboren zu haben, so daß die ersten Lebensmonate in die kalte Jahreszeit fielen. Bald gelangte sie aber zu der Überzeugung, daß niedrige

Temperaturen kein Grund waren, um Hildegart in der Wohnung einzusperren. Die Nachbarn schüttelten den Kopf, wenn sie das Kind auf einer Decke im Garten strampeln sahen.

Aurora Rodríguez sagte jedoch, daß die Körpertemperatur des Menschen, darin den Tieren gleich, sich der Kälte anpaßt, also absinkt. Von Frieren keine Spur. Im Gegenteil: um die Kälte nicht zu spüren, muß sich das Kind heftig bewegen. Das wiederum wird seine Geschicklichkeit, und damit den Verstand fördern.

Tatsächlich litt Hildegart an keiner Erkältungskrankheit. Als der Frühling kam, hielten sich Mutter und Tochter lange Stunden im Freien auf. Aurora, die von einem Kinderwagen nichts wissen wollte, weil seine Benützung den Bewegungsdrang und die Wahrnehmung der Umwelt einschränke, hatte bei einem Möbeltischler eine Spielstube in Arbeit gegeben, ein bewegliches Viereck mit gepolsterten Innenwänden, einer Gehschule und mehreren Glocken in Augenhöhe. Nackt, was in der Umgebung als ungehörig angesehen wurde, kroch das Kind darin herum, zog sich aber bald, ohne Zutun seiner Mutter, an den niedrigen Wänden empor und lernte auf diese Weise gehen, noch ehe der erste Sommer vorbei war.

Nachts schliefen Mutter und Tochter im Freien, vor zudringlichen Blicken geschützt durch Segeltücher, die von Pfosten zu Pfosten gespannt waren. Der Hausfrau, die diese Eigenart sehr verdroß, versuchte Aurora

Rodríguez klarzumachen, daß Luftbäder, weil sie die Sauerstoffaufnahme und Kohlensäureabgabe des Körpers erhöhten, der Gesundheit äußerst dienlich seien. In Mitteleuropa und südlich der Alpen fänden sie weite Verbreitung. Probieren Sie es einmal. Die Frau wehrte erschrocken ab und bekreuzigte sich.

Sooft ihr Hildegart Zeit ließ, schenkte Aurora Rodríguez dem öffentlichen Geschehen wieder größere Aufmerksamkeit. Sie verfolgte den Verlauf des Krieges, der sich auf das Land nur mittelbar auswirkte, mehr aber die davon nicht unbeeinflußten Vorgänge im Protektorat Marokko, wo die militärische Präsenz Spaniens ihr sinnlos und verbrecherisch erschien, als Möglichkeit aber auch, den Niedergang der verrotteten Monarchie zu beschleunigen. Aurora stellte ein Mädchen ein, das sich um Hildegart kümmerte, wenn sie allein außer Haus ging, zu Vorträgen ins Ateneo gelegentlich, wo die Größen des spanischen Geisteslebens sprachen. Aber sie tat es ungern, traute dem Dienstmädchen nicht zu, daß es in ihrer Abwesenheit Auroras Erziehungsprinzipien befolgte.

Alles am herkömmlichen Umgang mit Kindern hielt Aurora Rodríguez für verkehrt. Die Neigung, sich einer grammatikalisch falschen, mit zahllosen Verkleinerungsformen durchsetzten Kunstsprache zu bedienen, war ihr ebenso ein Greuel wie die falsche Scham, natürliche Vorgänge, etwa körperliche Ausscheidungen und die damit befaßten Organe, unbeholfen zu umschreiben, mit *pis* und *caca* und *pompis*. Und erst das Spielzeug! Aus der Umgebung kamen Frauen mit Porzellanpüppchen, Puppengeschirr, rosaroten Seidenbändern, und das Dienstmädchen kam es hart an, Aurora zu gehorchen und die Geschenke wegzusperren.

Jeder Kleinigkeit schenkte die junge Mutter über Gebühr, wie viele meinten, Beachtung. Sie ließ es nur ungern zu, daß man Hildegart auf den Arm nahm, achtete auch darauf, daß das Kind, fiel es hin, allein aufstand. Eines Tages ließ sie zur Überraschung der übrigen Hausbewohner zwei Fuhren Sand und eine Fuhre Schotter im Garten abladen und erklärte auf Befragen, damit das sinnvollste Spielzeug für Hildegart angeschafft zu haben. Dazu kamen Bauklötze und buntbemalte Hölzer in Form von Buchstaben, die, richtig zusammengesetzt, Wörter ergaben. Das erste Wort, das Hildegart, wie ihre Mutter später dem Journalisten Guzmán erzählte, ohne fremde Hilfe zusammensetzte, lautete V-I-D-A, Leben.

Hielt sich Aurora Rodríguez an die Ratschläge der wenigen aufgeklärten Kinderärzte der Stadt und an ernstzunehmende Werke der Naturheilkunde, so wich sie in einem Punkt davon ab: Sie erlaubte selten, daß Hildegart mit anderen Kindern spielte. War es unvermeidlich, weil ihre Weigerung als brüske Zurückweisung empfunden worden wäre, so kam sie alsbald mit einem Vorwand, um ihre Tochter aus der Gesellschaft zu reißen. Einem bekannten Arzt, der ihr Verhalten beobachtet hatte und sie auf die Bedeutung des gemeinsamen Spiels hinwies, antwortete Aurora, daß falsche Erziehung ansteckend wirke.

Es gab Augenblicke, in denen Aurora Rodríguez an ihrer Mission schwankend wurde. Bei der Geburt zum Beispiel hatte sie, den kleinen, nackten Menschen neben sich, nur Glück verspürt, den unbedingten Wunsch, dieses Wesen, das doch bloß sie hatte und durch sie existierte, zu beschützen, ihm zu helfen, aber es nicht, nie, zu zwingen. Auch später überkam sie manchmal das Bedürfnis, Hildegart absichtslos zu liebkosen, ihrer Tochter alle Zeit des Lebens zu schenken, ungeachtet ihres Erziehungsprogramms, das Müßiggang und Selbstzweck nicht vorsah. Sie verfiel dann der Sehnsucht, das zeitliche Gefüge aufzuheben, nur diesen einen Moment zu leben, in dem ihre Tochter neben ihr einschlief, die kleine Hand in der ihren, oder anfing, sie nachzuahmen, ihren Tonfall, das Stirnrunzeln, die Art, wie sie ein Buch aufschlug.

Es kostete sie, obwohl sie das später leugnen sollte, keine geringe Mühe, diese Anfälle von *Schwäche* zu überwinden. Mit Hildegart sprach Aurora Rodríguez vom Tag der Geburt an, unbekümmert, ob ihre Tochter sie verstand oder nicht. Sie besorgte ihr auch gleich eine Tafel mit Kreide, schnitt das Alphabet aus, klebte es auf Pappe. Bezeichnete dem Kind Zahlen und Buchstaben, wie sie ihm Gegenstände bezeichnete. Das ist ein Haus.

Das ist ein Baum. Das ist das A. Und das die Fünf. Als Hildegart, mit zwei Jahren, das Aneinanderreihen der Buchstaben zu langweilen begann, schenkte ihr Aurora eine Reiseschreibmaschine. Wenn die Mutter am Schreibtisch arbeitete, an Artikeln schrieb, die sie nie zu publizieren versuchte, dann saß neben ihr, am selben Tisch, vor dem gleichen Papier, in einem hohen Kinderstuhl Hildegart, ebenso schweigsam und vertieft.

Die Madrider Niederlassung der Firma Underwood, die ermächtigt war, staatlich anerkannte Zertifikate über Maschinenschreibkenntnisse auszustellen, erhielt eines Tages Auroras Zuschrift, daß ihre Tochter das hierfür nötige Geschick aufbrächte.

Ein Angestellter des Unternehmens, der sich nach einer Woche in der Pension einfand, glaubte an einen Scherz, als ihn Aurora Rodríguez bat, ihre dreijährige Tochter der Prüfung zu unterziehen. Zuerst lachte er, dann warf er der Frau vor, ihm die Zeit gestohlen zu haben, erklärte sie für verrückt und drohte mit einer Spesenersatzklage. Nur das bestimmte Auftreten Auroras bewog ihn zum Bleiben. Er gab den mitgebrachten Musterbrief dem Kind zum Abschreiben; Hildegart bestand den Test in der vorgeschriebenen Zeit. Nachdem sich der Mann von seiner Verblüffung erholt hatte, schlug er Aurora vor, die Fähigkeiten ihrer Tochter, selbstverständlich gegen eine entsprechende Abgeltung, für das Unternehmen gewinnbringend auszuschlachten. Aurora Rodríguez lehnte ab.

Auch in den nächsten Tagen versuchten Vertreter der Firma, zuletzt der Direktor persönlich, die Frau zu überreden. Als ihre Bitten und Angebote nichts fruchteten, stellte sich ein Redakteur ein, der, vom Unternehmen auf die Sensation aufmerksam gemacht, einen Bericht über das Wunderkind verfassen wollte. Aurora setzte ihn vor die Tür.

Zu dieser Zeit glaubte die Frau zu erkennen, daß ihre Fähigkeiten nicht mehr ausreichten, um Hildegarts Entwicklung in dem von ihr gewünschten Ausmaß zu beschleunigen. Sie hatte ihre Tochter nach Kräften gefördert, wußte aber um ihre Grenzen. Hauslehrer mußten her für Gebiete, in die Aurora Rodríguez nie hatte eindringen können: Mathematik, Physik, Fremdsprachen. Mit Erfolg annoncierte die Frau in sozialistischen Blättern. Die Männer, verwundert zuerst vom kindlichen Alter ihrer Schülerin, begeisterten sich bald für ihre Aufgabe.

Einer der Lehrer, Don Matías, der sich anläßlich eines Studienaufenthaltes in Deutschland vorgenommen hatte, die Schriften des Philosophen Krause, der in Spaniens intellektuellen Kreisen sehr verehrt wurde, zu übersetzen, dann aber das Werk Nietzsches weit bedeutender fand, nahm sich des Kindes am innigsten an. Er war allerdings auch der einzige, der Aurora Rodríguez gegenüber gewisse Zweifel am Sinn dieser oder jener Erziehungsmethode anzumelden wagte. Er bemerke bei Hildegart gelegentlich Anzeichen von

Erschöpfung. Ob sie das Kind nicht überlasteten? Sei es nicht angebracht, im Lehrstoff langsamer voranzuschreiten, nicht nur, um eine Übersättigung und damit den Verlust von Interesse zu vermeiden, sondern auch, um Hildegart Gelegenheit zum Umgang mit Gleichaltrigen, zur Entwicklung sozialen Gemeinsinns zu bieten?

Aurora wies seine Bedenken zurück. Die Aufnahmefähigkeit, sagte sie, ist begrenzt. Die Zeit des Reifens, also die ersten sieben Lebensjahre, müssen genützt werden. Werden geistige Fähigkeiten nicht oder nur unzureichend ausgeschöpft, so erlöschen sie und lassen sich später nicht wieder abrufen. Sie beobachte das bei sich selbst; trotz großer Anstrengungen und günstiger Voraussetzungen, die in der Kindheit auferlegten Beschränkungen wettzumachen, gelingen ihr geistige Höhenflüge kaum. Diese zu fördern, ja, dazu sei sie gerade noch imstande.

Don Matías, der die Frau im stillen verehrte, wollte dieses Eingeständnis nicht gelten lassen. Aurora Rodríguez aber bestand darauf und verwies auf die Unterlegenheit der Frau im allgemeinen, die im übrigen, wie sie ergänzte, auch der von Ihnen verehrte Herr Nietzsche erwähnt hat, freilich ohne die tieferen Ursachen dieser Unterlegenheit zu begreifen. Man muß das Kind ernst nehmen. Ich verlange von Hildegart nicht mehr, als ich von mir selbst, unter gleichen Bedingungen, verlangen würde.

Trotzdem sollten Sie nachsichtiger sein. Das Dienstmädchen hat mir verraten, daß Sie Ihre Tochter nicht mit anderen Kindern spielen lassen.

Julia ist, mit Verlaub, dumm und ungebildet. Ebenso dumm sind die Eltern der Kinder. Soll ich da nachgeben und Hildegarts Entwicklung gefährden? Ja später, wenn ihr Wissen gefestigt ist, soll sie, muß sie sich der Umwelt öffnen. Vorderhand hat sie genug im Umgang mit Ihnen, mit mir. Und wir werden uns Haustiere anschaffen, Hunde oder Katzen. Auch damit läßt sich Gemeinsinn erlernen.

6

Sechzehn Jahre später, als ihr Verteidiger unter dem Raunen des Publikums erklärte, ihm sei zu Gehör gekommen, daß sich Hildegarts leiblicher Vater im Saal befände, sollte sich Aurora Rodríguez an jenen Vormittag erinnern, an dem sie im Gewühl der Passanten, unter den hohen Stimmen der Zeitungsjungen und dem heiseren Krächzen blinder Losverkäufer ihren Namen zu hören glaubte. Sie blieb stehen und drehte sich um. Eine Frau, die sie unsicher anlächelte, kam ihr vertraut vor. Aber Aurora erinnerte sich nicht, von welcher Gelegenheit diese Bekanntschaft herrührte. Die andere fragte noch einmal.

Aurora? Sie sind doch Aurora Rodríguez?

Entschuldigen Sie, sagte Aurora. Ich weiß im Moment nicht, wo ich das Vergnügen hatte.

Blanca Varela, sagte die Frau, Ihre Nachbarin in El Ferrol. Ich habe Ihre Eltern sehr geschätzt. Was für ein Zufall.

Im nächsten Kaffeehaus, in das die Frau aus Galicien ihr nicht ohne Scheu gefolgt war, ließ Aurora Rodríguez die Neuigkeiten aus ihrer Vaterstadt über sich ergehen. Von Frau Varela erfuhr sie, daß man eine neue Werft ihrer Bestimmung übergeben hatte, daß dem verstorbenen, liebenswerten Kanonikus ein jüngerer, schroffer, gefolgt war, daß das Kasino wegen Baufälligkeit und das sozialistische Volksheim wegen staatsgefährdender Agitation geschlossen worden waren und daß eine gewisse Frau Pelayo, sie erinnerte sich doch sicher?, plötzlich verstorben war. Man redet davon, daß ihr Mann nachgeholfen hat. Genaueres aber ist aus den Ärzten nicht herauszubekommen.

Wie es Doktor Ochoa und Gemahlin geht? Soviel ich weiß, sind beide wohlauf. Er praktiziert zwar noch, aber viel Verlaß soll nicht mehr auf ihn sein. Das Alter. Wir werden alle nicht jünger. Sie, Aurora, natürlich ausgenommen. Sie sehen blendend aus.

Aurora Rodríguez, die das Bedürfnis hatte, die lästige Begegnung rasch hinter sich zu bringen, fragte nach ihrem Bruder. Die andere zögerte.

Er ist also der Taugenichts geblieben, sagte Aurora.

Wie das halt so geht. Aber er besitzt ein reines Gemüt. Leichtsinnig ist er und nicht in bester Gesellschaft. Ein Mann, mit dem er in letzter Zeit häufig verkehrte, hat für einen Skandal gesorgt. Die ganze Stadt ist empört gewesen. Der größte Skandal seit langem.

Was war es denn? fragte Aurora. Betrug, Diebstahl?

Schlimmer.

Mord?

Die andere schaute um sich. Dann senkte sie die Stimme.

Ein Matrose, sagte sie, der sich als Priester ausgab.

Er soll sehr gebildet sein. In die besten Kreise hat er sich eingeschlichen. Jetzt tun alle, als hätten sie ihn nie gesehen. Er hatte in El Ferrol einen Bruder, von dem er sich aushalten ließ. Er hat ihm die Gastfreundschaft schlecht vergolten. Die Tochter der Familie, noch nicht zwölf Jahre alt. Er hat sich an ihr vergangen. Als der Vater des Mädchens dahinterkam, verlor er fast den Verstand. Mit einer Pistole in der Hand lief er durch die Stadt. Um ein Haar hätte er Ihren Bruder erschossen, weil er ihm nicht sagen konnte, wo sich der Unhold aufhielt. Aber der Mann hatte sich schon aus dem Staub gemacht. Angeblich soll er sich jetzt in Madrid herumtreiben.

Hier?

Frau Varela nickte. Jetzt sucht ihn die Polizei. In allen Zeitungen ist es gestanden.

Wie hat er denn ausgesehen?

Das Erscheinungsbild des Mannes habe nichts ahnen lassen. Groß ist er gewesen und kräftig, von gewinnendem Äußeren. Beredt und bewandert auf vielen Gebieten. Trotzdem hätte den Männern, mit denen er Bekanntschaft schloß, bald auffallen müssen, daß etwas mit ihm nicht stimmte. So wie er über die Kirche herzog. Obwohl er sich als Priester vorstellte.

Er war keiner?

Früher einmal. Aber das hat man erst im nachhinein erfahren. Auch daß er Geld unterschlug.

Aurora Rodríguez versuchte, sich den Riß, der

durch sie ging, nicht anmerken zu lassen. Sie winkte dem Kellner, während die andere bemüht war, durch eine vorsichtige Frage nach ihrem Befinden Auroras Lebensumstände zu erforschen.

Es geht mir gut, sagte Aurora Rodríguez, ich betreibe Studien und bin dabei, die Wohnung zu wechseln. Deshalb ist es mir leider nicht möglich, Sie für einen der nächsten Tage nach Hause einzuladen.

Die andere dankte. Ich trete ohnehin schon morgen die Rückreise an. Soll ich Grüße ausrichten?

In einem plötzlichen Anflug von Offenheit erklärte Aurora, daß sie sehr allein sei, niemanden sehen wolle und in El Ferrol nichts zurückgelassen habe, was wert sei, erinnert zu werden. Dann stand sie auf und trat grußlos auf die Straße.

Schau, sagte das Dienstmädchen, wie lustig die Bienen fliegen.

Sie arbeiten, antwortete Hildegart. Sie bringen den männlichen Blütenstaub auf die weibliche Narbe. Dann wächst ein Schlauch bis zur Eizelle, und dann kommt es zur Befruchtung.

Was du alles weißt.

Ich weiß noch viel mehr.

Julia Sanz hörte nur halb zu. Sie beobachtete den Photographen vor ihnen, der bedächtig den Dreifuß auspackte und sich dann an der Kastenkamera zu schaffen machte. Ein stattlicher Mann. Was für ein interessanter Beruf! Auch er schaute öfter zu ihnen herüber.

Warum starrt dich der Mann an? fragte Hildegart.

Vielleicht gefalle ich ihm.

Vielleicht will er dich befruchten, sagte das Mädchen.

Nicht so laut.

Warum wirst du denn rot?

Ich werde ja gar nicht rot.

Doch.

Julia versuchte abzulenken. Ich bin noch nie photographiert worden.

Bei den Menschen ist die Befruchtung aber anders als bei den Blumen.

Hildegart! Sei still. Der Mann. Er kann uns doch hören.

Er hat einen Penis, sagte Hildegart, und steckt ihn in deine Vagina. Und dann kommt Samen raus und befruchtet eine Eizelle, und dann beginnt ein Kind in deinem Bauch zu wachsen. Und dann kommt es heraus und spielt mit mir. Darf es mit mir spielen? Bitte versprich es mir!

Jetzt ist es genug, sagte das Dienstmädchen. Es stand auf und nahm Hildegart an der Hand. Komm, gehen wir heim.

Zu Hause, wo Aurora Rodríguez in der größten Gefühlsbewegung auf und ab ging, kam ihr zum erstenmal in den Sinn, dem Leben ihrer Tochter, und also auch dem eigenen, ein Ende zu setzen. Sie verfluchte den Augenblick, in dem der falsche Priester in ihr Leben getreten war, und erwog verschiedene Tötungsarten, als Hildegart ins Zimmer stürzte und sie stürmisch umarmte. Aurora war so gerührt, daß sie sich jede bittere Regung verbat. Bis jetzt, dachte sie, hat das Kind nur gute Eigenschaften an den Tag gelegt; warum sollte der zerstörerische Einfluß seines Erzeugers Oberhand gewinnen? Während ihr Hildegart erzählte, daß Julia Sanz von der Fortpflanzung gar keine Ahnung hatte, traten der Frau Tränen in die Augen. Nicht weinen, sagte Hildegart, ich habe es ihr schon beigebracht. Die Frau preßte das Kind an sich.

Heute ist ein besonderer Tag, sagte sie. Du darfst dir etwas wünschen.

Ich wünsche mir, ich wünsche mir: ein Kind!

So viele Kinder wie du willst.

Aurora wandte sich an das Dienstmädchen. Ab Oktober geht Hildegart zur Schule.

Am nächsten Tag bereute Aurora Rodríguez ihr Versprechen. Aber sie durfte es, wollte sie Hildegart kein schlechtes Beispiel geben, nicht widerrufen. Gegen ihren Willen begann sie, nach einer passenden Schule zu suchen. Lange brauchte sie, ehe sie etwas fand, was ihren Erwartungen halbwegs gerecht wurde. Die wenigen staatlichen Einrichtungen, Aufbewahrungsanstalten ähnlicher als Stätten der Bildung, waren überfüllt, ihr sanitärer Zustand mehr als bedenklich.

Ihre Leiter weigerten sich auch strikt, Kinder unter sechs Jahren aufzunehmen. Kirchliche Institute dagegen waren bereit, eine Vierjährige einzuschulen, stießen sich aber daran, daß Auroras Tochter, als uneheliches Kind, im Zustand der Todsünde verblieben war. Außerdem galt ihnen die Demut vor Gott als oberstes Erziehungsprinzip, und Aurora stellte sich vor, daß Hildegarts Interesse für die biologischen Vorgänge des Lebens mit der verzerrten Darstellung der Sexualität durch religiöse Dunkelmänner nicht vereinbar war. Da sie der Kirche keinerlei Sympathie entgegenbrachte und die Ausübung religiöser Zeremonien für schädlich hielt, mußte Aurora diese Möglichkeit ausscheiden. Schließlich erwog sie, zusammen mit anderen Eltern eine Schule zu gründen, wagte es aber nicht, diese Absicht in der Öffentlichkeit bekanntzumachen, weil sie befürchtete, daß Hildegarts leiblicher Vater, sollte er wirklich vor der Justiz in Madrid Zuflucht gefunden haben, auf ihre und ihrer Tochter Spur kommen könnte. Erst später dachte sie, daß es den Mann, wünschte er es wirklich, auf jeden Fall wenig Mühe kosten würde, sie zu finden.

Hildegarts Hauslehrer und als liberal bekannte höhergestellte Persönlichkeiten, bei denen Aurora vorsprach, halfen ihr, am Projekt interessierte Eltern aufzutreiben. Am ersten Abend, an dem diese zahlreich erschienen waren, riefen Auroras Worte, mit denen sie ihre Absicht und die Schwerpunkte der einzurichtenden Anstalt skizzierte, ungeteilte Zustimmung hervor. Aber je konkreter das Unternehmen wurde, als Aurora Rodríguez daranging, ein entsprechendes Gebäude anzumieten und sich nach geeigneten Lehrern umsah, schwand das Interesse. Man zögerte mit der endgültigen Zusage, brachte Einwände vor, die der näheren Überprüfung nicht standhielten, und meinte zuletzt, das bestehende Angebot ohnehin ausreichend zu finden.

Aurora blieb nichts anderes übrig, als erneut nach einer passenden Schule zu suchen. Sie fand sie endlich nahe der Universität, im Nordwesten der Stadt. Ziel jener Schule war, wie ihr der Leiter, ein Piarist, auf Befragen erklärte, die Kinder für verantwortungsvolle Stellen vorzubereiten.

Besondere Aufmerksamkeit schenkt unser Kollegium Fächern, die sonst zu kurz kommen, also den Naturwissenschaften. Auch Fremdsprachen, und zwar Französisch und das durch seinen hohen Grad an festen Regeln der mathematischen Schulung besonders förderliche Latein, werden gelehrt. Nicht auf bloßes Wiederkauen des Stoffes kommt es an, sondern auf eine eigenständige Verarbeitung. Einziges Zugeständnis an herkömmliche Schulformen ist die Trennung der Schüler nach Geschlechtern.

Und die Religion? fragte Aurora.

Halb so wild, lachte der Mann. Freilich, Heidenkinder müssen wir erst missionieren.

Also wurde Hildegart getauft.

Noch vor Vollendung des fünften Lebensjahres ging sie zur Schule. Um ihr den langen Weg zu ersparen, übersiedelte Aurora Rodríguez in eine Wohnung der Calle Galileo, zehn Minuten von der Schule entfernt. Anfangs vermißte Hildegart den großen Garten der Pension; der nahe gelegene Parque del Oeste war ihr nur ein schlechter Ersatz. Aber ihre Mutter fand, daß Bewegung nicht mehr so wichtig war. Die dafür verwendete Zeit war jetzt für das Lernen aufzubringen.

Der Abschied von La Guindalera fiel außer Hildegart keinem schwer. Die Eigentümer der Pension hatten das Kind zwar liebgewonnen; aber sie waren doch froh, die Frau losgeworden zu sein, die manches auszusetzen hatte, vieles für verbesserungswürdig erachtete, sich zuletzt auch in heftige Debatten mit dem pensionierten Oberst einließ, trotz der Bitten der Wirtsleute, ihn und seine verschrobenen Ansichten zu ignorieren. Aurora Rodríguez hatte es versucht. Eine Zeitlang war es ihr auch gelungen, sogar seine kindliche Freude über die blutige Niederschlagung der Massenstreiks von 1917 hinunterzuschlucken, dann aber sagte sie sich, daß sie ihrer Tochter ein schlechtes Vorbild gäbe, ließe sie ihn seine verkehrten Ansichten unwiderlegt hinausposaunen. Es bereitete ihr auch Genugtuung zu sehen, wie sich ihre Voraussagen bewahrheiteten und die Mittelmächte, die lange von Sieg zu Sieg eilten, der endgültigen Niederlage zutrieben.

Auch Julia Sanz war über den Wohnungswechsel nicht unzufrieden, bot er ihr doch mehr Möglichkeiten zur Geselligkeit. Bisher hatte sie wegen der abgelegenen Lage der Pension ihren freien Tag meist in Gesellschaft von Mutter und Tochter verbracht, und sie sehnte sich danach, die Sonntage unbeschwert unter ihresgleichen zu verbringen. Nun würde sie auch, hoffte sie, den Büchern entkommen, deren Lektüre ihr Aurora Rodríguez nahelegte und über denen sie, abends, gleich nach den ersten Seiten einschlief.

Nach einer Woche wurde Hildegart in die zweite Klasse versetzt, sechs Monate später übersprang sie erneut einen Jahrgang. Auroras Befürchtung, ihre Tochter würde sich in der Schule langweilen und aufgrund zu geringer Anforderungen träge werden, erwies sich als unbegründet. Die Gemeinschaft der übrigen, älteren, Kinder entschädigte Hildegart für den Zwang, dem sie zu Hause, bei der Mutter und den Hauslehrern, ausgesetzt war. Aber sie barg auch Gefahren; freiwillig, bevor noch Hildegart danach fragen konnte, erzählte Aurora deshalb ihrer Tochter, daß ihr Vater ein kluger und edler Mann gewesen sei, der das Pech hatte, bei einem Schiffsunglück ums Leben zu kommen.

Um Zugeständnisse an Bräuche, die sie innerlich ablehnte, kam Aurora nicht herum. Als ihre Mitschülerinnen zur Erstkommunion gingen, wollte Hildegart nicht abseits stehen. Sie bettelte um eine Kerze, um ein weißes Kleid, um einen Myrtenkranz. Aurora Rodríguez hielt das alles für Unfug.

Es gibt keinen Gott.

Nein, sagte Hildegart. Aber sonst lachen mich die anderen aus.

Die Frau gab nach. Besser so, dachte sie, als lebenslang das Gefühl, etwas versäumt zu haben.

Nach der Kommunion lief Hildegart, da sie nicht einsah, was der Verzehr ungesäuerten Brotes mit ernsten Mienen und gemessenen Schritten zu tun hatte, aus der Kirche, ohne das Ende des Gottesdienstes abzuwarten.

Obwohl das Gesetz eine Befreiung vom Religionsunterricht nicht vorsah, bat der Direktor Aurora, nach inständigen Bitten des Fachlehrers, ihre Tochter an diesen Stunden nicht mehr teilnehmen zu lassen. Das sittliche Empfinden der anderen Kinder sei gefährdet, weil Hildegart mit ihren Fragen nach dem Geschlecht Gottes und ihren Zweifeln an der unbefleckten Empfängnis Unruhe in die Klasse trage. Der Religionslehrer zittert vor jeder Stunde, bekommt Schweißausbrüche. Er weiß sich nicht mehr zu helfen.

Aurora sagte es ihrer Tochter. Na gut, meinte Hildegart, geh ich halt nicht mehr hin. Ich bin dem Mann nicht böse. Aber er erzählt Märchen.

7

Auch fehlte es Hildegart keineswegs an Menschen, sagte Aurora Rodríguez, väterlichen Freunden, die ihr wohlgesinnt waren und ihre außerordentliche Begabung erkannten. Da war etwa der alte Méndez Bejarano, Professor für Rechtsgeschichte an der Madrider Zentraluniversität, der Aurora stark an ihren Vater erinnerte. Seine Vorlesungen seien für sie und für Hildegart, nachdem diese mit dreizehn Jahren und mit einem Dispens des Erziehungsministers, das Studium der Jurisprudenz aufgenommen hatte, das Aurora für eine politische Laufbahn als unerläßlich ansah, besonders anregend gewesen.

Der zarte, weißhaarige Mann galt unter seinen Kollegen als Sonderling, zu dem die Studenten nur liefen, weil er milde in der Benotung und unbestechlich im Urteil war. Sein Mut, mächtige Körperschaften wie die Armee, die Kirche, ja selbst den Monarchen, Alfonso XIII., und seinen Statthalter, General Primo de Rivera, der seit einem Staatsstreich regierte, offen zu kritisieren, trug ihm die Achtung seiner Hörer ein.

Dabei variierte Méndez seine Vorträge kaum, begann jede Stunde mit einer Würdigung der Comuneros, die vor dreieinhalb Jahrhunderten geschlagen wurden, weil der städtische Adel die Bürger verriet. Dann, 1873, als die Republik ausgerufen wurde, hätten die Bürger das Volk verraten. Den vom Volk geforderten Föderalismus hätten die Bürger anfangs befürwortet; als sie die Gefahr sozialer Umwandlungen witterten, hätten sie, heimlich, für die Zentralgewalt optiert, die Notwendigkeit autoritärer Strukturen unter Hinweis auf die karlistischen Freischärler im Norden, die sich für Religion und Monarchie stark machten, betont. Pi i Margall, der große Staatsmann, der an Formen herrschaftsfreier Produktion glaubte, an eigenständige Kantone, die gleichberechtigt Waren austauschten, hätte zu vermitteln versucht, weil er wußte, daß nur die Einheit von Bürgern und Volk die Erhebung der Militärs verhindern, die Bedrohung durch die Karlisten abwenden konnte. Er dankte ab, als er erkannte, daß dem Bürgertum nichts an Reformen lag, daß seine Bundesgenossen als größere Gefahr galten als die Rückkehr zu Monarchie und Zentralismus. Sein Nachfolger im Präsidentenamt, Nicolás Salmerón, wurde zum Totengräber der Republik, ließ die Städte Andalusiens niederkartätschen, auch Alicante, Valencia, zuletzt, und am blutigsten, Cartagena, wo der Kanton Murcia die autonome Republik ausgerufen hatte. Im Januar 1874 wurde Cartagena von der Soldateska genommen, die nach Nordafrika geflüchteten Kommunarden lieferte Frankreich an die Regierung aus, sie blieben als Zwangsarbeiter in Afrika. Salmerón, der

Totengräber, der Schreibtischmörder, Bluthund mit weißem Kragen, habe sich sogar da noch als Republikaner ausgegeben, als Republikaner des Geistes wohlgemerkt, als Monarchist der Tat. So habe das Mittelalter wieder Besitz ergriffen von diesem Land, es nicht losgelassen bis heute, bis zu Primos schändlicher Diktatur, derer sich der Monarch bedient, als allerletztes Mittel gegen den Willen des Volkes.

Die Studenten, mitgerissen von diesem Diskurs, begannen zustimmend zu trampeln, ein Pedell steckte, erschrocken über die plötzliche Unruhe, den Kopf durch die Tür, legte einen Finger warnend an die Lippen.

Méndez, der sich heiß geredet hatte, erklärte seinen Vortrag für beendet und forderte die Studenten auf, Einwände, Fragen, Ergänzungen anzubringen.

Nach kurzem Zögern hob einer die Hand.

Primo de Rivera bemüht sich doch redlich. Er läßt Kraftwerke bauen, Straßen, hat den Krieg in Marokko beendet, Ordnung geschaffen. Wenn er nicht gekommen wäre, gäbe es Spanien nicht mehr. Dauernd diese Attentate, ein Zivilgouverneur hier, ein Bischof da, eine starke Hand war notwendig, um den Zerfall des Staates aufzuhalten.

Nichts dümmer als diese Ansicht, antwortete Méndez. Freiheit wollen die Völker, dann werden sie schon friedlich miteinander auskommen. Die Diktatur garantiert bloß den Ausverkauf des Landes, die britischen

Kapitalgesellschaften bedanken sich mit Handkuß für das Verbot gewerkschaftlicher Rechte, die Kirche hätschelt den General, weil er ihnen ihre Klöster läßt, ihre Pfründe, ihre Schulen, weil er unbequeme Geister verbannt, auf die Kanarischen Inseln, weil er andere ins Exil jagt, wo sie an Herzleid sterben.

Aber Sie selber, Don Mario, sagte der Student wieder, trotz der Zwischenrufe, mit denen ihn seine Kameraden zum Schweigen bringen wollten, Sie sind doch hier. Sicher, es gibt Zensur. Aber sie wird großzügig gehandhabt. Gut, es gibt keine freien Wahlen. Aber an den Universitäten kann, diese Stunde als Beweis, frei geredet werden. Sie nehmen kein Blatt vor den Mund. Auch nicht Besteiro, Ihr Kollege, auch nicht De los Ríos.

Erstens bin ich ein alter Mann, sagte Méndez. Es ist kein Gewinn für die Diktatur, einen Siebzigjährigen ins Gefängnis zu werfen oder außer Landes zu jagen. Zweitens weiß Primo de Rivera sehr gut, wie weit er gehen kann. Wenn man eine Schraube überdreht, sitzt sie nicht mehr fest. Und was meine sozialistischen Kollegen angeht, so erinnere ich nur daran, daß ihre Gewerkschaft, ungleich der viel mächtigeren der Anarchosyndikalisten, nicht verboten ist. Daß der Sozialist Largo Caballero, den Wirrköpfe als den Lenin Spaniens zu bezeichnen pflegen, als einziger Zivilist in Primos Direktorium eintrat. Eine Schmach ist das für jeden Arbeiter.

Die Sozialisten, sagte Hildegart, sind doch dabei, ihren Fehler gutzumachen. Sie haben gelernt.

Gelernt? fragte Méndez. Schön wär's. Aber ich glaube es nicht. Ihre Führer distanzieren sich jetzt vom Diktator, weil ihnen sonst die Arbeiter davonlaufen. Die Taten, heißt es bei Pi i Margall, sind nichts anderes als die Umsetzung der Ideen, und an diesen mangelt es den sozialistischen Politikern.

Hierin konnte ihm Hildegart nicht folgen. Ich halte es mit Marx, der umgekehrt, präziser als Pi i Margall, geschrieben hat, daß das gesellschaftliche Sein das Bewußtsein bestimmt. Die Armut, die in den letzten Jahren sprunghaft zunahm, hat vielen die Dringlichkeit eines republikanischen Staatsgefüges gezeigt. Aber die Republik, auch die föderale, kann nicht das Endziel sein. Bleibt es dabei, so werden sich erneut die Militärs und religiöse Fanatiker erheben. Produktionsgemeinschaften unabhängiger Kommunen können erst dann entstehen, wenn alte Gewohnheiten verschwunden sind, die Herrschaft des Mannes über die Frau, die vielfältigen Einflüsse religiöser Erziehung, das Tabu der Sexualität. Ansonsten wird, im scheinbar Neuen, das Alte weiterleben. Ich weiß, was der Sozialismus will. Aber der Föderalismus ist vage, verschwommen.

Ich bin leicht zu begeistern, sagte Professor Méndez zum Schluß. Wahrscheinlich war unsere Generation zu impulsiv. Fräulein Hildegart ist viel analytischer, trotz ihrer Jugend. Vielleicht gehört ihr die Zukunft.

Am Abend des siebten Dezember 1928 trat Hildegart, nachdem sie dem Dienstmädchen beim Abdecken des Tisches geholfen hatte, vor ihre Mutter, um ihr zu sagen, daß die Zeit, die sie sich selbst gesetzt hatte, verstrichen war. Morgen sei ihr vierzehnter Geburtstag, und sie fühle sich stark genug, am politischen Geschehen teilzunehmen. Aurora Rodríguez fragte, in welcher Form diese Teilnahme erfolgen würde.

Ich will meine Meinungen zu Tagesereignissen öffentlich kundtun, sagte Hildegart. In der Presse, bei Versammlungen. Ich werde Vorträge halten. Mitdemonstrieren. Die Studenten mobilisieren.

Als Einzelperson? fragte Aurora. Ohne einer Partei anzugehören?

Das ist aussichtslos, sagte Hildegart. Wer allein ist, verliert. Ich habe lang überlegt. Mein Platz ist im Jugendverband, in der Gewerkschaft.

Bei den Sozialisten? fragte Aurora.

Ich weiß, was du von ihnen hältst, sagte Hildegart. Du denkst wie Professor Méndez.

Es gibt noch andere Parteien, die für die Republik kämpfen.

Für die Republik. Aber für nichts weiter.

Und die Föderalisten. Sind sie nicht viel radikaler?

Romantiker, sagte das Mädchen, die von der Vergangenheit nicht loskommen. Die im letzten Jahrhundert leben.

Am ersten Januar suchte Hildegart, nachdem sie die

Bedenken ihrer Mutter zurückgewiesen hatte, um Aufnahme in die Sozialistische Jugend an. Dann ging sie in Auroras Begleitung in die Calle del Piamonte, wo sich das Volksheim der Gewerkschaft befand. Hilfesuchend wandte sich Aurora Rodríguez an einen Mann, der vor einer langen Schlange wartender Arbeiter damit beschäftigt war, die Wertmarken in den Gewerkschaftsbüchern abzustempeln. Meine Tochter möchte beitreten.

Der Mann maß Hildegart. Ist sie überhaupt schon stubenrein?

Aurora wurde ungehalten: Sind alle Sozialisten so ungehobelt wie Sie?

Der Mann lachte. Wir sind kein Kindergarten.

Meine Tochter ist Studentin.

Das ist etwas anderes. Einen Augenblick noch. Gleich stehe ich Ihnen zur Verfügung.

Während er weitermachte, sahen sich Aurora und Hildegart um. In einem Saal im ersten Stock fand eine Versammlung statt. Männer in blauen Arbeitsblusen – drei-, vierhundert, schätzte Aurora – redeten laut durcheinander. Dann wurde vorne am Podium mit einer Glocke geläutet, lange dauerte es, bis Ruhe eintrat.

Genossen! Wir kommen zur Abstimmung. Wer für den Streik ist, soll aufstehen. Ein Scharren von Stühlen, nur wenige blieben sitzen, schauten sich um und gestikulierten heftig.

Mehrheit dafür, sagte der Vorsitzende.

Einer der Sitzengebliebenen bat um das Wort. Ich halte das Abstimmungsergebnis für einen groben Fehler. Streiks und immer wieder Streiks. Als ob sie ein Allheilmittel wären. Schluß mit der Gängelung! Direkte Aktion, schrie er, dann vergeht ihnen das Lachen.

Wir sind keine Anarchisten, rief einer von hinten, solche Methoden schaden uns selber! Sei still, die Entscheidung war eindeutig.

Die Damen mögen entschuldigen. Er, der Kassier, habe sie vorhin nicht beleidigen wollen. Aber es sei selten, daß sich Frauen, bessere, das sähe man auf den ersten Blick, hierher verirrten. Bestenfalls ein paar Arbeiterinnen aus den Textilfabriken. Und die kommen auch nur wegen der Krankenversicherung. Weil wir Verträge mit vielen Ärzten und Apothekern haben. Aber es ist ein Risiko, bei uns Mitglied zu sein: wenn die Unternehmer dahinterkommen, ist's Essig mit der Arbeit. Und dann findest du so schnell keine andere mehr. Nur die Maurer und die Drucker, sagte der Mann, haben es verstanden. Da gibt es keinen, der nicht bei uns ist. Und davor hat der Patrón Respekt. Deshalb arbeiten sie auch nur acht Stunden und verdienen vom ersten Tag an ihre zehn Reales.

Im Gehen, der Mann wollte ihnen noch den Theatersaal und die Arbeiterbücherei zeigen, fragte Hildegart, ob auch Studenten in der Gewerkschaft aktiv seien.

Wenige. Aber ich hoffe, daß es bald anders wird.

Darauf können Sie sich verlassen, sagte das Mädchen.

Aurora Rodríguez blieb mißtrauisch gegenüber der, wie sie es nannte, Verworrenheit sozialistischer Politik. Aber sie bemühte sich, ihre Vorbehalte für sich zu behalten. Allerdings wies sie ihre Tochter an, über den politischen Einsatz das Studium nicht zu vernachlässigen und ihre Arbeiten zur Lage der Frau voranzutreiben.

Schon 1927, mit zwölf Jahren, hatte Hildegart für eine umfangreiche vergleichende Studie über die Beziehungen zwischen Romeo und Julia, Abaelard und Héloise und den Liebenden von Teruel bei einem von der Stadt Saragossa ausgeschriebenen Wettbewerb den ersten Preis erhalten. In dieser Arbeit, die erst drei Jahre später in Buchform erschien, weil sich die Juroren nicht einig wurden, ob eine Veröffentlichung wegen des kindlichen Alters der Autorin sowie der delikaten Thematik nicht gegen ein Gesetz der Diktatur verstieß, versuchte Hildegart ihren Begriff von Liebe zu präzisieren. Bei Romeo und Julia, hatte sie geschrieben, herrschte Herz über Hirn, diese Liebe ist Wahnsinn. Umgekehrt sei bei Abaelard und Héloise die Konvention über der Leidenschaft gestanden, die eigene Sicherheit wichtiger gewesen als jene des anderen: nicht Liebe also, sondern Selbstsucht. Nur in der alten Legende aus Teruel, von Diego und Isabel, entdeckte sie Maß und Ziel, die Ausgewogenheit von Gefühl und Verstand. Und wenn ihr Schicksal auch in den Tod mündete, so blieb andererseits ihre Liebe doch rein, ungetrübt, schattenlos.

Als Andrés Saborit, Chefredakteur der sozialistischen Parteizeitung, das erste Manuskript von Hildegart erhielt, vermutete er wegen des ungebräuchlichen Namens ein Pseudonym, dessen sich ein bekannter Autor bediente, um Schwierigkeiten mit der Zensur zu vermeiden. Angetan vom Inhalt, einem Nachruf auf eine französische Feministin, lud er Hildegart in einem Schreiben zur weiteren Mitarbeit ein und beeilte sich hinzuzufügen, daß er gerne die Bekanntschaft des unbekannten Verfassers machen würde. Hildegart erschien in Begleitung ihrer Mutter, die mühsam Saborits Irrtum, sie selbst sei die Autorin des Artikels, korrigieren mußte. Einen Mitarbeiter, besser noch: eine Frau, die das von den Sozialisten lange vernachlässigte Thema der Frauenbefreiung, der sexuellen Hygiene und der Rolle der Jugend bei der künftigen Umgestaltung der Gesellschaft behandelte, konnte Saborit schon gebrauchen. Daß Hildegart in ihren Artikeln Tabus verletzte, war vor der Parteiführung leicht zu rechtfertigen, solange die Sozialisten als oppositionelle, wenngleich geduldete, Kraft auftraten.

Wie alle Zeitungen mußte auch ›El Socialista‹ jede Ausgabe dem Zensor vorlegen, der spätabends in der

Druckerei erschien, um mit der Lektüre der bereits gesetzten Manuskripte zu beginnen. Er war ein korpulenter, kurzatmiger Mann mit fahler Hautfarbe, kahlköpfig, von stark schwankender Laune. War er mit dem Essen, das ihm ein Lehrling aus dem nächsten Restaurant brachte, zufrieden, dann konnte es vorkommen, daß jeder Artikel zum Druck befördert wurde. Was aber wiederum für den nächsten Tag nichts Gutes verhieß, weil ihn sein Vorgesetzter für seine zu laxe Auslegung der Zensurbestimmungen tadelte und er dann, trotz Nachtisch und einem Glas Branntwein, hinter allem, harmlose Berichte über Fußballkämpfe oder Theaterpremieren eingeschlossen, Subversives vermutete. Weil sich die Redakteure weigerten, zensierte Artikel in letzter Minute durch andere, unverfängliche, zu ersetzen, erschien die Zeitung oft mit leeren Stellen. Oder ein Artikel brach mitten im Satz ab; manchmal fehlte auch nur ein Wort, das sich den Lesern im Zusammenhang unschwer erschloß, was die Behörden besonders erboste.

Hildegart erkannte ihre Beiträge oft nicht wieder. Gelegentlich verwiesen nur die Überschrift und der ganz unten gesetzte Name darauf, daß für jene Stelle ein Artikel von ihr vorgesehen war. Aurora Rodríguez vermutete, daß es Saborit gar nicht auf den Inhalt ankam, sondern daß er mit dem Glauben der Leute spekulierte, ein so stark zensiertes Blatt bekämpfe die Diktatur besonders hartnäckig. Hildegart sei einer der

Lockvögel reformistischer und kompromißbereiter Politiker. Ihre Tochter wies diesen Verdacht zurück und erinnerte an die Freiheit, mit der sie bei Versammlungen das Wort ergriff. Die Jungen stünden hinter ihr, verliehen der Forderung nach dem Fall aller frauenfeindlichen Gesetze hinreichend Gewicht.

An der Hochschule hatte Hildegart bald Gleichgesinnte um sich geschart. Sie wurde geachtet, auch wenn es die Studenten befremdete, daß ihre Mutter nie von ihrer Seite wich, selbst dann nicht, als sie nachts Plakate klebten und dabei von der Polizei gejagt wurden. Im September 1929 fand der Kongreß des Jugendverbandes statt. Mit vierzehn Jahren war Hildegart die jüngste Delegierte. Als sie die katalanische Sektion als Vizepräsidentin vorschlug, machte der Beifall des Plenums eine Abstimmung überflüssig.

Im Januar des folgenden Jahres mußte der Diktator, dem selbst Teile des Heeres ihre Unterstützung versagten, zurücktreten. König Alfonso berief einen General, Berenguer, an die Spitze des Direktoriums. Er hoffte, eine nachgiebigere Politik würde die Feinde der Monarchie spalten. Dazu aber war es zu spät. Mit einer Flut von Prozessen versuchte Berenguer, den Widerstand gegen die Diktatur einzudämmen. Die Bürokratie brach zusammen, und jedermann sah sein Ziel darin, wegen Aufwiegelung, Störung der öffentlichen Ordnung oder Teilnahme an nicht genehmigten Versammlungen gerichtlich belangt zu werden. Gegen Hildegart wurde zwei Tage nach ihrem sechzehnten Geburtstag, ab dem sie juridisch belangt werden konnte, Anklage wegen Majestätsbeleidigung erhoben. In einem Artikel der Jugendzeitung ›Renovación‹ hatte sie angeregt, die Mätressen des Königs in einem Heim für gefallene Mädchen unterzubringen.

Zum Prozeß kam es nicht mehr.

8

Der zwölfte April 1931 war ein heller Frühlingstag. Die Morgensonne schien aus wolkenlosem Himmel; trotzdem war es noch kühl, aus dem Guadarrama-Gebirge wehte ein kalter Wind, und Aurora, die eben mit ihrer Tochter gefrühstückt hatte, stellte sich ans Fenster und schob den Vorhang zur Seite.

Schau, sagte sie, heute führen die Männer ihre Spazierstöcke aus.

Und keine Frau weit und breit, sagte Hildegart.

Gott bewahre, sagte das Dienstmädchen. Wer weiß, was passiert.

Die Männer, die unten auf der Straße vorübergingen, trugen zu ihren Sonntagsanzügen die ersten Strohhüte der Saison. Die letzten Wahlen hatten vor acht Jahren stattgefunden, man erwartete Zusammenstöße, bei denen Stock und Hut, für Angriff und Verteidigung, gewisse Dienste leisten konnten.

Was soll schon passieren, sagte Hildegart. Wir werden gewinnen. Die Monarchie ist am Ende.

Es heißt, daß sie die Klöster anzünden werden, flüsterte Julia Sanz. Und die Kirchen.

Dummes Geschwätz, sagte Aurora. Du sollst nicht alles glauben, was du auf der Straße aufschnappst.

Am Nachmittag ging sie mit Hildegart in die Telefonzentrale, wo die Journalisten auf erste Ergebnisse aus den Provinzen warteten. Sie taten gelangweilt, waren auch enttäuscht, daß es in den Wahllokalen gesittet hergegangen war. Ein paar Rempeleien, wie ließen sich da dramatische Chroniken schreiben? Die meisten von ihnen hatten in den letzten Tagen flammende Aufrufe geschrieben, die Leser aufgefordert, für die Kandidaten der republikanischen Parteien zu stimmen; aber jetzt zeigten sie sich skeptisch, gaben zu bedenken, daß keine Diktatur je durch Wahlen, die sie selbst ausgeschrieben hatte, gestürzt worden war. Nur die Linksradikalen, der junge Guzmán zum Beispiel, wetteten auf einen Sieg, prophezeiten unverdrossen den Sturz der Regierung; sie wurden ausgelacht.

Gegen Abend kamen Teilergebnisse. In Barcelona hatten siebzig Prozent für die republikanischen Kandidaten gestimmt; überwältigend auch die Erfolge in Valencia, Sevilla, Bilbao. In Saragossa und Valladolid. Und schließlich Madrid selbst: 90000 Stimmen für Sozialisten und Republikaner, dreimal mehr als für die Monarchisten. Hildegart lachte: Sogar die Hofschranzen haben gegen den König gestimmt.

Tags darauf begaben sich Aurora Rodríguez und Hildegart in die Calle del Piamonte. Vor dem sozialistischen Volksheim, in dem dichtgedrängt, in den Gängen, auf Tischen, Stühlen und Treppen, Menschen standen oder saßen, war eine Abteilung der Guardia

Civil aufgezogen. Aber sie verwehrte den beiden Frauen nicht den Zutritt; die Uniformierten schienen unsicher, auf Befehle zu warten, die nicht eintrafen. Am Nachmittag wurde ein rote Fahne gehißt. Da hörte man, daß der König dabei war zu packen, daß einer der Prinzen nach Gibraltar geflüchtet sei, daß Berenguer das Heer angewiesen hatte, sich ruhig zu verhalten. Die Menge strömte auf die Straße. Ein Arbeiter, der ein grob genähtes Tuch mit den Farben der Republik trug, trat vor einen Offizier und forderte ihn auf, der Fahne die Ehre zu erweisen. Der andere zögerte; schließlich zog er seinen Säbel und salutierte. Die Leute klatschten und ließen die Republik hochleben.

Sie schwammen in einer Woge der Begeisterung, ließen sich tragen vom Sog der Menge, die, aus den Außenbezirken der Stadt kommend, zum Zentrum strebte. Vor dem Gebäude des Innenministeriums schoß die Wache in die Demonstranten, die den Befehl, nicht näher zu kommen, mißachteten. Hildegart erkannte die Gefahr nicht, verstand die Schüsse als Aufforderung weiter zu stürmen, sie war erhitzt, ihre Wangen gerötet vor Eifer und Anstrengung. Aurora Rodríguez faßte sie am Arm, versuchte, ihre Tochter aus den vordersten Reihen zurückzunehmen, teilte aber Hildegarts Begeisterung. Das Volk, rief sie ihr zu, ist in Bewegung geraten, endlich. Aus Seitenstraßen kamen neue Gruppen, Fahnen schwenkend, schreiend, gestikulierend, Kinder darunter und Frauen, stießen zu den anderen, strömten ineinander, alle miteinander, ohne daß eine Losung zu hören war, gingen, nein liefen, aber nicht gehetzt, auch nicht zögernd, hinüber zum Königspalast, über die Puerta del Sol, wo sich ihnen Soldaten anschlossen, die Insignien der Monarchie von ihren Kappen, den Koppeln reißend.

Auf dem Platz kam die Menge zum Stehen. Aus den Straßen drängten neu Hinzukommende nach, begriffen die Erstarrung nicht, erkundigten sich ungehalten bei den Vordermännern, warum die Bewegung so schnell verebbte. Vor dem Palast, in dem sich die Königliche Wache verschanzte, hatten Jugendliche mit roten Armbinden eine Kette gebildet, Hildegart erkannte mehrere Genossen unter ihnen.

Nur keine Provokationen, riefen die Jungen, kein unnötiges Blutvergießen jetzt, wo die Republik so nah ist, Besonnenheit, nicht blinde Gewalt, um dem Heer, dem ganzen Land, ja der Welt zu zeigen, daß Ordnung auch ohne König möglich ist.

Aurora Rodríguez lachte bitter. Die reinigende Kraft der Gewalt, sagte sie, begreifen deine Kameraden nicht. Kultur verlangen sie, zivilisiertes Betragen, fünf Meter Respektabstand, ich sehe schon, nichts wird sich ändern.

Hildegart widersprach. Die Republik ist freilich nicht das Endziel, doch Voraussetzung für jede Änderung. Man kann nicht alles haben, sofort. Die Masse wünscht Sicherheit, Geborgenheit, auch wenn sie jetzt die Monarchie hinwegfegt. Alles geht langsam vorwärts, zu tief sind Gewohnheiten in den Menschen verwurzelt, als daß einem spontanen Ausbruch des Volkswillens zu trauen ist.

Die Genossen brauchen mich, sagte sie, um den Palast zu schützen. Sie kämpfte sich nach vorn. Aurora Rodríguez wollte sie nicht allein lassen und folgte ihr.

Am nächsten Tag verließ der König das Gebäude durch die Hintertür. In Cartagena bestieg er einen Kreuzer, der ihn nach Frankreich brachte. Wenig später traten die Sozialisten in die neu gebildete Regierung ein. Diese Entscheidung war innerhalb der Partei sehr umstritten. Der Jugendverband äußerte den Verdacht, daß ihr die bürgerliche Mehrheit nur deshalb drei Ministerien anbot, um die Forderungen der Arbeiter gefahrlos übergehen zu können. Auch die Parteiführung war sich uneins. Sollte man die Regierung durch Kritik von außen zu Reformen zwingen oder durch Kooperation beeinflussen? Schließlich setzten sich die Befürworter einer Koalitionsregierung durch; ihre einflußreichsten Gegner wurden, wie Aurora Rodríguez feststellte, mit hohen Posten zufriedengestellt.

Der Bäckermeister Manuel Cordero war für die Zusammenarbeit gewesen. Im Herbst trat Hildegart mit ihm als Rednerin auf einer sozialistischen Kundgebung im Arbeitervorort Carabanchel auf. Während Cordero vor der Menge auf die Errungenschaften der

Republik, die im täglichen Leben der Arbeiter allerdings kaum spürbar waren, verwies und baldige Reformen versprach, die Achtundvierzig-Stunden-Woche, die Einführung eines Mindestlohnes und die Bekämpfung der Teuerung, widmete sich Hildegart, die wegen ihrer durch Studium und Publizistik erzwungenen Bewegungsarmut zur Fülle neigte, der Lage der Frauen, der Erziehung und der Familienplanung. Als sie, Cordero und Aurora nach Schluß der Kundgebung mit der Straßenbahn in die Stadt zurückfuhren und eben die Brücke über den Manzanares überquerten, deutete der Abgeordnete auf die Hütten hinunter und sagte, wie ekelhaft diese Ansammlung von Schmutz und Elend sei, eine Schande für die ganze Stadt. Aurora Rodríguez schwieg wie immer, wenn sie mit ihrer Tochter in Gesellschaft Dritter war. Aber Hildegart, überrascht und entsetzt von der Leichtfertigkeit, mit der ein Funktionär jener Partei, die doch aus Sympathie mit den Entrechteten entstanden war, sein Urteil fällte, wies Cordero scharf zurecht.

Nicht diese Hütten sind eine Schande, sondern die Verhältnisse, die sie hervorbringen. Nicht diese schiefen Bretterbuden, sondern der Reichtum, der die Not zur Folge hat. Ob Herr Cordero seine Entrüstung über die Paläste, Villen und eleganten Geschäfte auch so lauthals verkünde?

Zu Hause lobte Aurora Rodríguez die Entschiedenheit, mit der ihre Tochter den Mann zurechtgewiesen hatte, bestritt aber, daß der Politiker, der nach Hildegarts Antwort beschämt geschwiegen hatte, die Äußerung vorschnell getan habe, aus Gedankenlosigkeit und Überdruß. Jetzt, sagte sie, zeigen deine Genossen ihr wahres Gesicht.

Hildegart widersprach. Aus dem ganzen Land kommen Einladungen von Ortsgruppen der Partei, über Frauenbefreiung und Sexualhygiene zu sprechen. Mehr als ich annehmen kann. Das sind heikle Themen, deren Behandlung viele Leute abstößt. Trotzdem halten hier die Sozialisten an ihren Prinzipien fest.

Noch, sagte Aurora. Du wirst sehen.

Aus dem Dorf Matavenero, in dem ein Schuster namens García einen sozialistischen Bildungsverein gegründet hatte, mußten die beiden Frauen fliehen. Eine Woche vorher hatte die Frau des Wirtes dem Pfarrer einen der handgeschriebenen Zettel gebracht, auf denen der Schuster zum Vortrag des *äußerst illustren Fräuleins Hildegart, Vizepräsident der Sozialistischen Jugend Spaniens, Verfasser der Broschüren ›Die Begrenzung der Nachkommenschaft‹, ›Sexualerziehung‹ und ›Sexualität und Liebe‹, Preis jeweils 75 Céntimos,* einlud.

Der Pfarrer verbot dem Wirt, unter Androhung der Exkommunikation bis ins dritte Glied hinein, den Saal für eine Hetze gegen Gottes wohl eingerichtete Natur zur Verfügung zu stellen. Von der Kanzel herab warnte er noch einmal eindringlich vor den Versuchungen des

Teufels, der in vielerlei Gestalt erscheine und der auch mit der betörenden Stimme einer jungen Frau zu reden verstehe. Es kam zu einer Störung der Meßfeier, als der Schuster, der in die Kirche ging, weil ihn der plötzliche Gesinnungswandel des Wirtes mißtrauisch gemacht hatte, hinter einer Säule hervorsprang und den Gottesdiener als Gaukler und Volksverführer beschimpfte, worauf dieser ein Kruzifix nach ihm warf.

Als Hildegart und Aurora Rodríguez das Dorf erreichten, wurden sie mit einem Hagel von Steinen empfangen. Im Schutz der Dämmerung führte sie der Schuster auf Umwegen in sein am anderen Ende gelegenes Haus, wo fünf Unentwegte auf sie warteten, allesamt Männer. Kaum hatte Hildegart den Vortrag begonnen, da wurden vor dem Haus Stimmen laut, jemand rüttelte an der Tür, ein faustgroßer Stein zerschlug eine Scheibe und prallte neben dem Mädchen gegen die Wand. Mutter und Tochter packten schnell die mitgebrachten Zeitschriften und Bücher zusammen, die Männer krempelten ihre Ärmel hoch, und die Frau des Schusters erbot sich, die zwei ins nächste Dorf zu begleiten. Während vor dem Haus eine Prügelei losging, liefen Hildegart und Aurora mit gerafften Röcken über die Felder. Lehmbespritzt stiegen sie anderntags in León in den Eilzug nach Madrid.

Zufällig landeten sie im Abteil des sozialistischen Politikers Julián Besteiro, dem die zwei Frauen, da er sich lange gegen den Regierungseintritt seiner Partei gesträubt hatte, gewisse Sympathien entgegenbrachten. Hildegart erzählte ihm von ihrem Abenteuer, worauf Besteiro in Lachen ausbrach und ihr riet, als junge Frau künftig vorsichtiger zu sein. Die Zeiten seien nicht danach, mit radikalen Parolen die rückständige Bevölkerung zu überzeugen.

Hildegart war entrüstet. Schon jetzt zurückstecken, kaum fünf Monate nach dem Ende der Diktatur? Wo doch alles im Fluß ist.

Parteiräson, sagte Besteiro. Wir können nicht nur an die Arbeiter in den Städten denken. Spanien ist ein Land ohne Industrie. Mit überholten Sitten, gewiß. Aber die Umerziehung muß langsam vor sich gehen. Man darf die Leute nicht vor den Kopf stoßen. Und schon gar nicht die Frauen. Unsere Partei hat im Parlament ihr Stimmrecht durchgesetzt. Aber wir werden bei den nächsten Wahlen die großen Verlierer sein, wenn wir uns in der Behandlung der Frauenfrage nicht größte Zurückhaltung auferlegen. Weil uns sonst gerade sie nicht wählen.

Realpolitik macht dumm, erwiderte Hildegart, krümmt das Rückgrat, beißt sich in den Schwanz.

Sie sei noch so jung, sagte Besteiro, unwillig jetzt und bestrebt, das Gespräch zu beenden, warum ziehe sich Hildegart nicht für eine Weile aus der Tagespolitik zurück, widme sich ganz dem Studium, genieße die Jugend, die süße, ach lang vergangne Zeit!

Eine Woche später sprach eine Abordnung andalusischer Tagelöhner bei Hildegart vor. Ob sie nicht helfen könne. Sie kamen aus Jaén, waren entgegen dem Rat der anarchosyndikalistischen Führer wählen gegangen, hatten ihre Stimmen den Sozialisten gegeben. Nun stellte sie der Patrón, aus Rache, nicht mehr ein, ließ lieber die Oliven auf den Bäumen verfaulen als das rote Gesindel arbeiten. Sie hatten auf die versprochene Agrarreform gewartet – ein Stück Boden für jeden –, die kam nicht, also waren sie in die Hauptstadt gefahren, wollten Hilfe erbitten, waren im Ministerium von einem Schalter zum anderen geschickt worden, unerwünscht seien sie sich vorgekommen, eine Woche irrten sie durch die Gänge, ohne dem sozialistischen Minister ihr Anliegen vortragen zu dürfen, Hildegart war ihre letzte Hoffnung.

Das Mädchen ging zu Luis Prieto, Sohn und Sekretär des Ministers, in der Hand eine schriftliche Eingabe der Landarbeiter. Prieto nahm das Papier, las und zerknüllte es.

Was soll das? fragte Hildegart.

Wir bekommen täglich Dutzende solcher Briefe.

Das ist doch kein Grund, sie wegzuwerfen. Leg das Gesuch wenigstens deinem Vater vor.

Warum? fragte Prieto. Ist doch egal, ob ich es wegschmeiße oder der Minister persönlich.

Ehe bekannt wurde, daß Hildegart die Parteidisziplin verletzte, bat ein Redakteur von ›El Socialista‹ das Mädchen um ein Gespräch, das die Zeitung im Dezember 1931, vier Tage vor ihrem siebzehnten Geburtstag, auf der ersten Seite veröffentlichte. Gegen den Willen ihrer Mutter, die sich unpäßlich fühlte und das Bett hütete, ging Hildegart allein in die Redaktion. Sie hatte im September das Studium der Rechte abgeschlossen und sich sofort an der medizinischen Fakultät inskribiert, während fast gleichzeitig drei neue Bücher von ihr erschienen, von denen eins, ›Die sexuelle Rebellion der Jugend‹, nicht immer die gewünschten Leser fand. Viele Männer reifen Alters kauften sich das Buch in der Hoffnung auf galanten Inhalt und stellten es nach flüchtiger Lektüre enttäuscht ins Regal, weil sie statt der Beschreibung neuer, unerhörter Liebesspiele ein leidenschaftliches Plädoyer für die Abschaffung der Ehe, für die Streichung aller frauen- und kinderfeindlichen Gesetze und für Methoden der Verhütung fanden. Auf dieses Werk spielte der Journalist an, als er Hildegart nach dem größten Problem ihrer Zeit befragte.

Das sexuelle Problem, antwortete das Mädchen, ist Schlüssel für alle anderen. Die vielköpfigen Familien, Ehestreit, Gewalt, sind nichts als eine Folge dieses Problems. Die sexuelle Revolution muß allen anderen vorausgehen. Das sollen die spanischen Arbeiter nicht vergessen.

Was Hildegart von der Zukunft erwarte.

Die absolute Gleichheit zwischen Mann und Frau. Am dringlichsten ist die wirtschaftliche Befreiung der Frau. Für gleiche Arbeit gleicher Lohn. Abschaffung der Heimarbeit. Nur so läßt sich die Unterlegenheit der Frauen beseitigen, die sie zur Prostitution und zur Kriminalität treibt. Emanzipation ist solange unmöglich, als die Frau nicht frei arbeitet.

Zu Hause war Aurora Rodríguez, die jeden Artikel ihrer Tochter ausschnitt und sammelte, die erste, die das Zeitungsinterview aufmerksam las. Ich glaube, daß das Stimmrecht für Frauen das liberale Klima des Landes schädigt. Ich denke nur an die fanatischen Katholikinnen, denen ich in den baskischen Provinzen begegnet bin, an die Frauen des Bürgertums und der Aristokratie. Oder an die Tatsache, die ich in meinen Schriften so oft kritisiert habe, daß die Arbeiter auf Versammlungen gegen die verderblichen Wirkungen der Religion auftreten, während ihre Frauen das Haus mit dem Herz Jesu schmücken. Deshalb glaube ich, daß das Stimmrecht für Frauen jetzt mehr schadet als nützt.

Hast du das wirklich gesagt?

Das Mädchen nickte. Aber natürlich habe ich hinzugefügt, daß das Frauenwahlrecht trotz aller Bedenken einen Fortschritt darstellt.

Wo steht das?

Nirgends.

Also hat man deine Worte aus dem Zusammenhang gerissen, bewußt entstellt, um eine falsche Politik abzusegnen.

Hildegart schwieg.

Dafür habe ich dich nicht erzogen, sagte Aurora. Daß du dich so mißbrauchen läßt.

Du hast recht, sagte Hildegart. Aber was soll ich tun?

Wieder zu dir kommen.

Wieder? fragte Hildegart.

9

Den Arbeiter kümmert nur sein Bauch. Ob er voll ist oder leer. Das ist sein ganzer Anarchismus, sagt in aller Öffentlichkeit, ohne schamrot zu werden, ein sozialistischer Politiker. *Wie schade,* schrieb Hildegart, *daß dieser von sich auf andere schließt. Der Bauch, um dessen Befriedigung es solchen Führern geht, bestimmt ihre Politik. Ideal und Überzeugung sind unwichtig. Unwichtig Herz und Verstand. Sexuelle Revolution? Ach, darüber wird nur auf Wahlveranstaltungen geredet. In gepflegten Worten. Ungerechtigkeit und Ausbeutung? Anlaß, nicht mehr, um einen hübschen Satz zu drechseln und Beifall einzuheimsen. Ohne sich auch nur an den eigenen Haushalt oder den Arbeitsplatz zu erinnern, wo diese Führer ihre Frauen und Untergebenen wie Dreck behandeln. Sozialisierung der Banken. Enteignung kirchlicher Besitztümer. Verstaatlichung der Latifundien. Auch nicht wichtig. Weil man ja aus diesen Einrichtungen seinen persönlichen Vorteil ziehen kann. Lange,* schrieb sie, *haben wir dazu geschwiegen.*

Als das Telefon schrillte, lange nach Mitternacht, das Dienstmädchen war schon schlafen gegangen, saß Hildegart gerade an der Schreibmaschine. Aurora

Rodríguez, die ihr noch Gesellschaft leistete, stand auf und nahm den Hörer ab.

Du rote Hure. Du und deine saubere Tochter. Bald erwischt es euch.

Sie hängte ein.

Wer war es? fragte Hildegart.

Falsch gewählt.

Warum lügst du?

Ich lüge nicht, sagte Aurora Rodríguez. Oder wohnt bei uns ein Herr Sánchez?

Um diese Zeit verwählt sich niemand mehr. Sag mir die Wahrheit.

Ich lüge nicht.

Doch. Aus falscher Rücksicht. Als wären wir, du und ich, nicht stark genug, um mit diesen Schmähungen fertigzuwerden.

Manchmal, sagte Aurora und barg ihren Kopf in den Armen, manchmal zweifle ich daran.

Hildegart schwieg.

Geh schlafen, sagte sie dann. Ich bin bald fertig.

Aurora stand auf und ging zur Tür. Du hast recht. Es war dumm von mir. Aber sie fand lange keinen Schlaf.

Am nächsten Morgen beschloß Aurora Rodríguez, da es aussichtslos war, als Frau einen Waffenschein zu erwerben, sich bei einem Hehler um eine Pistole zu bemühen. Im Gewirr der Gassen rund um den Flohmarkt kaufte sie von einem Zigeuner eine, wie der Mann beteuerte, kaum gebrauchte Luger mit fünfzig

Schuß Munition, ließ sich die Bedienung zweimal erklären und holte dann ihre Tochter in der Redaktion von ›La Tierra‹ ab, Guzmáns Tageszeitung, in der Hildegart in mehreren Artikeln eine Bilanz ihrer vierjährigen Mitgliedschaft bei den Sozialisten gezogen hatte. Das Mädchen, um das sich die Redakteure scharten, lachte, verstummte aber, sobald sie Aurora bemerkte.

Hast du den Herren das Manuskript gegeben? fragte Aurora.

Hildegart nickte. Wir bringen es morgen, sagte Guzmán.

Dann wollen wir nicht länger stören, sagte Aurora.

Keineswegs, sagte der Mann. Es ist uns ein Vergnügen.

Sie werden zu tun haben. Und auch auf Hildegart wartet Arbeit.

Wir haben doch gar nichts vor, sagte Hildegart, als sie das Gebäude verließen.

Es gibt immer Arbeit, erwiderte Aurora.

Eines Tages traf der britische Schriftsteller H. G. Wells, aus Irún kommend, in Madrid ein. Die neu gegründete Liga für Sexualreform, deren Sekretariat Hildegart ehrenamtlich besorgte, hatte den Briten zu einer Vortragsreihe eingeladen und Hildegart, zumal sie durch mehrere Aufsätze in englischen Fachzeitschriften bekannt geworden war, gebeten, ihn während seines

Aufenthaltes zu betreuen und seine Vorträge, da er der Landessprache nicht mächtig war, zu übersetzen.

Nach seinem ersten Auftreten im Ateneo entspann sich eine lange Diskussion zwischen Wells und dem Mädchen, das seine Argumente für eine strikte Geburtenregelung zurückwies. Er stütze sich ausschließlich auf Malthus, dessen Theorie von der Angst der besitzenden Klassen geleitet war, die rasche Vermehrung der Arbeiter und landlosen Bauern würde ihre Privilegien bedrohen. Eine solche Sichtweise sei zynisch, außerdem veraltet. Nicht die Reichen sollten vom Verzicht auf zahlreiche Nachkommen profitieren, sondern die Betroffenen selbst, in erster Linie die Frauen, die in ihrer Erwerbsmöglichkeit nicht eingeschränkt würden, die Kinder, da sie, wären sie weniger, mehr geliebt und mehr gefördert würden und so größere Möglichkeiten zu ihrer Entfaltung hätten. Und die Arbeiterklasse als Ganzes, weil sie in ihren Kämpfen kaum Rücksicht nehmen müßte, schwer zu erpressen wäre, gewandter, geschlossener.

Wells wollte den Argumenten Hildegarts die Spitze nehmen, indem er betonte, nicht namens einer Partei oder einer Bewegung zu sprechen, sein Interesse sei allgemein menschlicher Natur, Emotionen schadeten der Sache bloß, es ginge um Sachlichkeit. Sicher bestünden zwischen seinem Vaterland und den Verhältnissen hier, über die er keine genaue Kenntnis besitze, die er aber in fachkundiger Begleitung des

Fräulein Hildegart zu erwerben wünsche, gewaltige Unterschiede. Jedenfalls aber säße die Menschheit im selben Boot und Veränderungen hier hätten Folgen da. *The red virgin*, er zeigte sich belustigt. Die Vehemenz, mit der sie ihren Standpunkt verteidigte, sei ein gutes Zeichen. Im Ausland habe man eine romantische Vision von diesem Land, Stierkampf, Flamenco, Merimée, jetzt entdecke er eine neue Facette, wie fein.

Nach dem Essen führte man den berühmten Gast, der den Wunsch geäußert hatte, das typische Madrid kennenzulernen, die Welt der Degen- und Mantelstücke, in den Mesón del Segoviano im Zentrum der Stadt. Wells, der dem ihm ungewohnten schweren Wein über Gebühr zusprach, erhob sich nach einer Weile, um die Toilette aufzusuchen. Bleich kam er zurück.

Mein Gott, sagte er. Ich bin wirklich betrunken. Ich habe Elefanten gesehen, Löwen, Meerkatzen.

Hildegart lachte. Keine Halluzinationen, es ist der Zirkus Borza, der im Hinterhof überwintert.

Ehe Wells zwei Wochen später abreiste, bat er Hildegart um ein Gespräch. Er wolle sich erkenntlich zeigen für die Sorgfalt, mit der sie ihn, trotz unterschiedlicher Auffassungen, während seines Aufenthaltes betreut hatte. Ihr Talent sei gewaltig. Unverantwortlich würde es unter den spanischen Verhältnissen verkümmern. Er habe da einen guten Freund, Havelock Ellis, ein halber Narr zwar, aber ein kluger Kopf,

Sexualwissenschaftler, bei dem das Mädchen arbeiten könnte, ein Wort von ihm genüge. Um die Kleinigkeiten, Geld, Aufenthaltsgenehmigung, Unterkunft, möge sie sich keine Sorgen machen, er kenne den königlichen Schatzmeister persönlich.

Hildegart, die von diesem Angebot überwältigt war, erbat einige Wochen Bedenkzeit.

So viel Sie wollen, sagte Wells. Ich stehe zu meinem Wort. Ein Brief von Ihnen genügt.

Wenn es nach mir ginge, bräuchten Sie nicht zu warten. Von einer solchen Gelegenheit habe ich bisher nur träumen können.

Natürlich, sagte der Mann. Die Familie. Sie wird ein Wort mitzureden haben.

Die Politik, entgegnete Hildegart. Ich würde meinen Freunden sehr fehlen.

Im September 1932 wurde das Mädchen wegen parteischädigenden Verhaltens aus dem Jugendverband ausgeschlossen. Der Beschluß wurde ihr, statutenwidrig, gar nicht erst zugestellt; auch verzichtete das Gremium darauf, die Betroffene zur Urteilsfindung vorzuladen. Im Oktober erschien ein umfangreiches Werk, in dem Hildegart ihre Kritik am Sozialismus auf zwei Ebenen abhandelte. Zum einen wies sie auf die falsche Prognose Marx' hin, die Revolution würde in den industrialisierten Ländern, Frankreich und Großbritannien, erfolgen, zum andern schilderte sie in allen Einzelheiten die Machenschaften der spanischen Parteiführer, die ihre persönlichen Interessen, wie sie meinte, über jene des Proletariats stellten. Im Nachwort erklärte sie ihren Austritt aus allen Teilorganisationen, denen sie vier Jahre lang angehört hatte.

Wenig später folgte sie der Einladung der landesweit fast unbedeutenden, aber, wie ihre Mutter vor Gericht aussagte, von integren Männern und Frauen geleiteten Föderalistischen Partei, in ihren Reihen tätig zu werden. Nicht wenige ihrer Bekannten waren über diesen Entschluß überrascht; sie hatten Hildegarts Beitritt zur kleinen, aber rührigen Gruppe der Kommunisten erwartet, zumal das Mädchen nicht müde wurde, die Sexualpolitik und die neue Moral des Sowjetstaates zu rühmen und ihrer Hoffnung Ausdruck gab, Rußland bald einmal bereisen zu dürfen. Aber Hildegart meinte, jedes Land müsse seinen eigenen Weg zum Sozialismus gehen und so, wie sie die Lage beurteile, könne das in Spanien, wo die Bevölkerung ein tiefes und berechtigtes Mißtrauen gegenüber der Zentralgewalt hege, nur über das Selbstbestimmungsrecht der verschiedenen Völkerschaften und Regionen erfolgen.

Aurora Rodríguez bestritt später, Hildegarts Wahl beeinflußt zu haben, gestand aber, daß sie darüber, wenigstens am Anfang, erleichtert war.

Das Mädchen genoß, im Übermaß, wie es Aurora schien, die Verehrung, die ihr die neuen Kampfgefährten entgegenbrachten. Als sie bei einer Kundgebung in Barcelona den einzigen jüngeren Mann der Parteiführung, Abel Velilla, kennenlernte, ging nach Ansicht ihrer Mutter eine Veränderung in Hildegarts Wesen vor sich. Das Mädchen, das einmal Guzmán eingestand, keine Jugend gehabt zu haben, verlor den Ernst, den es bisher an den Tag legte, und bekundete ihr Interesse an Dingen, die es früher geringgeschätzt hatte. Aurora Rodríguez war überrascht, als ihre Tochter die Wahl ihrer Kleidung plötzlich selbst bestimmen wollte. Auch bat Hildegart die Mutter, Halsketten, Armreifen oder Medaillons anlegen zu dürfen, wenn sie außer Haus ging. Bei den Meinungsverschiedenheiten, die sich daran entfachten, versuchte das Dienstmädchen zu vermitteln. Dann richtete sich Auroras Unwillen gegen Julia Sanz, und Hildegarts Mutter, die eine Zeitlang mit geringem Erfolg versucht hatte, sie zur Verwendung der Anrede Genossin anzuhalten, strich der Bediensteten den freien Tag. Als Hildegart davon erfuhr, warf sie der Mutter vor, ihre eigene Arbeit zu hintertreiben. Wie sollten ihre Aufsätze und Vorträge glaubwürdig bleiben, wenn sie Wasser predigte und Wein trank? Aurora war beschämt.

Sie hatte gehofft, nach Hildegarts Bruch mit den Sozialisten wieder zum Mittelpunkt von Hildegarts Leben zu werden. Das Gegenteil war der Fall. Sie fühlte sich zunehmend an den Rand gedrängt. Hildegarts häufiges Zusammensein, obschon in Auroras Gegenwart, mit Velilla, die erwachende Eitelkeit, die Korrespondenz mit Ellis und Hirschfeld, auf Englisch oder Deutsch, Sprachen, die Aurora nicht beherrschte, beunruhigten sie. Fremde nahmen Besitz von ihrer Tochter. Was war der Grund für Hildegarts Entwicklung, die sie für bedrohlich erachtete? An ihr konnte es nicht liegen, sie war sich keines Fehlers bewußt, bis auf den einen, unverzeihlichen, der ihr nie aus dem Sinn gekommen war, die Leichtfertigkeit, mit der sie sich für jenen Mann entschieden hatte, sich von ihm übertölpeln ließ, Hildegarts Vater, nein den *physiologischen Mitarbeiter,* wie sie ihn vor Gericht nannte. Sie wollte endlich Klarheit über sein Schicksal; was sie von ihm wußte, lag wie ein Alp auf ihr.

Vorsichtig begann sie Nachforschungen anzustellen, brachte Name und Adresse seiner Verwandten in Erfahrung, nützte einen Vortrag ihrer Tochter bei den Freidenkern von La Coruña, um für einige Stunden nach El Ferrol zu fahren. Sie erkannte die Stadt ihrer Kindheit kaum wieder, brauchte länger als geplant, bis sie das Haus fand, in dem der Bruder des vorgeblichen Priesters wohnte, läutete. Aurora atmete auf, als der Mann öffnete, die Ähnlichkeit mit Hildegarts Vater war unverkennbar.

Sie fragte, ohne sich erst vorzustellen, was aus seinem Bruder geworden war, der über die Familie, wie sie vor Jahren erfahren mußte, so viel Unheil gebracht hatte.

Der Mann starrte sie an. Tot.

Wirklich? Wirklich tot?

Er hat sich aufgehängt. Vor zehn Jahren.

Aurora Rodríguez dankte für die Auskunft.

Warten Sie, rief ihr der Mann nach. Wer sind Sie eigentlich? Aber Aurora blieb nicht stehen.

Die Auskunft beruhigte sie, nahm ihr aber nicht die Sorge um Hildegart. Der Verbrecher war tot, sagte sie später zu Guzmán, aber er hatte seine Spuren hinterlassen. Meine Tochter war in Gefahr, würde den Versuchungen des Fleisches nachgeben.

Hildegart wird mit jedem Tag schöner, rief ein Redakteur von Guzmáns Zeitung aus. Bald werden wir einen Mann für sie suchen müssen!

Wir verbitten uns solche plumpen Späße, sagte Aurora. Im übrigen ist meine Tochter bereits verlobt.

Oh, das habe ich nicht gewußt. Ich bitte um Verzeihung. Wer ist denn der Glückliche?

Hildegart errötete und schaute die Mutter überrascht an.

Ein norwegischer Biologe, sagte Aurora Rodríguez.

Und wann wird geheiratet?

Das werden wir schon rechtzeitig bekannt geben.

Hildegart blickte zu Boden. Davon weiß ich nichts, sagte sie leise.

Und eine letzte Frage: Was halten Sie von der Liebe?

So wie die Gesellschaft heute organisiert ist, ist es nicht wert zu lieben. Sogar in diesem Bereich haben der Kapitalismus und die Religion unbequemen Konzepten

Hindernisse in den Weg gelegt. Ich bin für die freie Liebe. Und ich glaube, daß die Liebe vom eigenen Willen abhängt. Deshalb denke ich gar nicht daran, sie zu verspüren, bevor ich nicht älter bin und reif dafür. Oft hält man eine plötzliche Laune oder den sexuellen Trieb schon für Liebe. So ist dieses schöne und treffende Wort in den Schmutz gezogen worden, so daß unsere Generation es erst sorgfältig reinigen muß, damit es unter der Sonne einer neuen Moral aufs neue erblühen kann.

10

Dann begann Hildegart ihre Pflichten zu vernachlässigen. Sie verließ morgens die Wohnung, um, wie sie dem Dienstmädchen sagte, die Zeitungsredaktion aufzusuchen, wo sie sich aber sehr selten einfand und ausstehende, lang versprochene Beiträge mit dringenden Verpflichtungen innerhalb der Liga für Sexualreform entschuldigte. Am späten Abend, wenn nur mehr Aurora Rodríguez wach war, kehrte sie zurück. Ihrer Mutter verweigerte sie jede Auskunft über ihr Tun. Wenn Aurora versuchte, sie zu einem klärenden Gespräch zu bewegen, ging Hildegart sofort auf ihr Zimmer und schloß sich ein, ehe die Mutter, die ihr mit gedämpfter Stimme Vorwürfe machte, einen Fuß in die Tür stellen konnte. Ratlos, was bei diesem Verhalten zu machen sei, ging Aurora Rodríguez im Arbeitszimmer auf und ab und überlegte, ob unter diesen Umständen ihr Werk gescheitert war.

Beim Frühstück, zu dem sie sich in gedrückter Stimmung einfand, erzählte ihr Julia Sanz, daß am frühen Morgen, als sie auf den Markt ging, eine schwarze Limousine neben ihr hielt und sie ein gut gekleideter älterer Mann im Fond des Wagens fragte, ob in diesem Haus ein gewisses Fräulein Hildegart wohnte, was das Dienstmädchen arglos bejahte.

Aurora Rodríguez erschrak; sie konnte nicht umhin, diesen Vorfall als neuerlichen Beweis für durchtriebene Versuche zu werten, Hildegart ihrem Einfluß zu entreißen. Die Frau erinnerte sich an mehrere Anrufe in den letzten Wochen, wo verschiedene Männerstimmen behaupteten, die Nummer der Reparaturwerkstätte Hermanos Fuster gewählt zu haben. Bei der dritten derartigen Störung hatte Aurora, überzeugt, daß es den Anrufern nur darum ging, ihren Willen zu brechen, in das Telefon geschrien, man könne sie mit solchen Mitteln nicht einschüchtern.

Hier ist keine Werkstätte, und ich werde meine Tochter nicht gefügsam hergeben, überhaupt nicht, nur über meine Leiche.

Einen Tag später war ein Mann aufgetaucht, Mechaniker, der angab, daß Auroras Telefonanschluß gestört sei, eine Finte, dachte die Frau, um sich Zugang zur Wohnung zu verschaffen und heimlich ein Abhörgerät aufzustellen, auch wenn er ganz unverdächtig tat und die Telefongesellschaft auf ihre Rückfrage hin seine Angaben bestätigte.

Aurora Rodríguez lief, nachdem Hildegart, wie schon an den vorhergehenden Tagen, am frühen Vormittag die Wohnung verlassen hatte, ohne über ihren Lebenswandel Rechenschaft abzulegen, in das Schlafzimmer ihrer Tochter und zog den Schlüssel ab. Als Hildegart am späten Abend zurückkam, bat Aurora sie erneut um ein Gespräch. Das Mädchen schlug das

Ersuchen mit den Worten ab, es gebe nichts mehr zu bereden, und zog sich auf ihr Zimmer zurück, in das ihr jedoch die Mutter folgte.

Hildegart war aufgebracht, weil die Tür nicht mehr zu versperren war, und erklärte, daß Aurora zu einem solchen Schritt kein Recht hatte. Sie schrie, zum erstenmal, wie es ihrer Mutter schien: Geh! und laß mich in Ruhe!

Aurora bat mit leiser Stimme, unter Hinweis auf das nebenan schlafende Dienstmädchen, heftige Auftritte zu vermeiden. Sie könne sich das plötzlich geänderte Verhalten der Tochter nicht erklären und schlage eine Aussprache vor, um zu retten, was noch zu retten sei.

Hildegart erwiderte barsch, daß Aurora ihr ganzes Leben über sie verfügt hatte, sie grundlos verfolgte und überwachte, so daß sie sich die Ahnungslosigkeit der Mutter nicht vorstellen könne. Sie habe sich entschlossen, nachdem Aurora Rodríguez, ohne sich um ihr Einverständnis zu bemühen, sogar einen Mann für sie ausgesucht hatte, ihren eigenen Willen durchzusetzen, frei und unabhängig zu leben, so wie sie es in ihren Schriften, die immer die Zustimmung der Mutter gefunden hätten, forderte.

Auf wessen Kosten? fragte Aurora.

Ich werde dir nicht länger zur Last fallen, entgegnete Hildegart. Auch finanziell nicht, falls du das meinst.

Sie sei einem Angebot des Schriftstellers Wells und des Sexualwissenschaftlers Ellis, das sie ihr bisher verschwiegen habe, weil sie lange unschlüssig gewesen sei, nachgekommen und werde in den nächsten Tagen, am elften, spätestens am zwölften Juni abreisen, um in London ihre Arbeit unter günstigeren Bedingungen fortzusetzen.

Aurora Rodríguez fiel, als sie das hörte, in eine Ohnmacht, von der sie sich aber bald wieder erholte. Hildegart jedoch sagte im Augenblick ihres Erwachens bloß, daß sie dieser Schrecken nicht zu rühren vermöge. Aurora erwiderte, indem sie gegen ihre Schwäche ankämpfte, daß Hildegart zu einem solchen Schritt kein Recht habe. Ihr, der Mutter, verdanke sie ihr Leben, die günstigen, ja idealen Bedingungen, ihr Wissen und ihre Fähigkeiten. Hildegart habe eine Aufgabe, die sie verwirklichen müsse, auch um den Preis der Selbstaufgabe. Viel Ungereimtes der letzten Zeit werde ihr nun, nach Hildegarts Enthüllung, klar. Dunkle Mächte hätten sich mit Erfolg zwischen Mutter und Tochter gestellt, mit anonymen, beunruhigenden Anrufen wolle man sie zum Verzicht zwingen, mit übermäßigem Lob Hildegarts Eitelkeit schmeicheln.

Du träumst. Wer sollte ein Interesse haben, uns zu entzweien?

Alle unsere Feinde. Die sozialistischen Führer wollen sich rächen, die Pfaffen, die Monarchisten. Und hinter diesem Wells steckt der britische Geheimdienst.

Hildegart lachte. Du suchst dir eine absurde Begründung für etwas, was keiner Erklärung bedarf. Nur du allein bist schuld an der notwendigen Trennung, mit diesem vermessenen Anspruch. Nur für die anderen sollte ich dasein, für die Frauen, das Proletariat, die Menschheit, und mich selbst ganz vergessen.

Du willst also allein fahren, fragte Aurora, und mich hier zurücklassen?

Natürlich.

Dann bist du verloren. Zu schwach, um deinen Zielen treu zu bleiben.

Ich bin stark, sagte Hildegart. Ich brauche dich nicht mehr. Aber gilt das auch umgekehrt?

Noch in derselben Nacht schrieb Aurora Rodríguez einen Aufsatz, in dem sie, wie sie dem Hohen Gericht kundtat, das Versagen ihrer Tochter in Form eines Gleichnisses behandelte:

Kain und Abel.

Man hat uns beigebracht, Kain zu hassen. Ihn als ersten Verbrecher der Menschheitsgeschichte hingestellt, als ersten Brudermörder. In den Räubergeschichten der sogenannten Heiligen Schrift hat man ihn so dargestellt, wie es später auch Wells tat: mit Affengesicht, mit Affenhänden, krummen Beinen und fliehender Stirn, abschreckend also für den Geschmack heutiger Leser.

Und doch ist Kain unter allen Helden der christlichen Mythologie der größte. Damit der Leser die wahren Ursachen von Abels Tod begreift, gebe ich zwei Zitate wieder, die von Marc Conelly und George Bernard

Shaw stammen, zwei hellen Köpfen unserer Zeit: »...Abel lachte mich aus, weil ich immer arbeitete, während er im Schatten eines Baumes rastete. Er nannte mich einen Dummkopf, weil ich nicht untätig blieb.« »Abel wollte sich mit dem Alten begnügen, das Land bebauen, nur eine Frau besitzen, nicht jagen, nicht kämpfen. Er lachte über mich, weil ich kämpfte, jagte, liebte und anders arbeiten wollte.«

Wer also ist Abel? Wenn wir uns an die Zitate halten, dann erkennen wir in ihm einen Vorläufer der sozialistischen Politiker, die über die Arbeiter lachen, müßig sind, alles ablehnen, was ihrer Bequemlichkeit abhold ist. Einen Propagandisten der Trägheit, der nichts wissen will, nicht kämpfen will und edler Konkurrenz aus dem Weg geht.

Kain dagegen ist das Symbol des Fortschritts. Er ist der erste Anarchist. Und als solcher ist er aufsässig. Er gehört nicht zu den Zufriedenen und Satten. Er ist ein Genie. Abel wäre nie aus der Masse der Anonymen aufgetaucht, hätte ihn uns nicht die Bibel als Opfer hingestellt, als wäre die Tatsache, daß er eines war, nicht schon Beweis seiner Unterlegenheit. Im übrigen umgibt ihn die Aura einer frommen, dümmlichen Klosterschülerin. Er ist ein Feind des Fortschritts, verschlossen dem ungestümen Gang der Zivilisation, unfähig zum Kampf und zur Liebe. Ein kleiner Geist; Kain dagegen ist groß.

Nötig ist es also, Kain zu folgen, der auf seinem Weg

alle Hindernisse beseitigt, selbst seinen Bruder, eine reinigende Tat. Kain ist bereits Mensch. Abel noch eine Puppe in Gottes Händen. Was Schöneres finden wir in der Bibel als Kain, der den göttlichen Willen mißachtet und ein Leben vernichtet, das keines ist, weil es ihm an Willenskraft mangelt!

Kain ist Inbegriff des Widerstandes gegen alles Althergebrachte. Abel der des Mittelmaßes. Kain ist der Hirte, Abel ein Schaf der Herde. Wie glücklich wäre eine Gesellschaft, in der es nur Menschen wie Kain gäbe! Obwohl es wahrscheinlich unmöglich ist. Um sie zu erkennen, braucht es die anderen, die Schar der Abel, der Dummen, die über uns lachen.

Als Opfer gilt immer der Tote, nie aber der, dessen Tat, so bedauerlich sie auch sein mag, Größe anhaftet. Wer sich, wie Abel, mit den alten Mächten arrangiert, wer nachgibt, auf halbem Weg stehenbleibt, hat sein Leben verwirkt. Kain hatte die Verpflichtung, Abel zu töten. Er konnte nicht anders. Das Opfer hat den Täter veranlaßt.

Hildegart war einverstanden. Obwohl ich weiß, was du damit sagen willst. Daß ich wie Abel bin, faul und selbstzufrieden. Aber das stimmt nicht. Ich will frei sein, keinem fremden Willen untergeordnet. Leben wie Kain.

Wenn du mich verläßt, sagte Aurora, ist alles aus.

Hildegart zuckte die Achseln. Dann bist du eben die Schwächere.

Aurora Rodríguez verzagte. Später, als Hildegart und auch das Dienstmädchen die Wohnung verlassen hatten, nahm sie die Pistole und stieg die Treppe zum Dachboden hinauf, wo sie sich die Anweisungen des Hehlers in Erinnerung rief und die Pistole lud. Dann hob sie den Arm und führte den Lauf an ihre Schläfe. So mußte sie, bewegungslos, lange gestanden sein; als sie aus ihrer Starre erwachte, dämmerte es bereits.

In der Küche sagte ihr Julia Sanz, Fräulein Hildegart habe verlauten lassen, daß sie in den nächsten Tagen auf unbestimmte Zeit verreisen würde. Sie habe ihr aufgetragen, zwei Koffer zur Bahn schaffen zu lassen.

Es hat, sagte Aurora Rodríguez, damit seine Richtigkeit. Wir brechen in einer Woche auf. Nach Mallorca. Die Seeluft wird Hildegart guttun. In einem Monat sind wir zurück. Inzwischen kümmerst du dich um den Haushalt. Du kannst auch auf ein paar Tage zu deinen Verwandten fahren. Aber laß niemanden in die Wohnung, auch die besten Freunde nicht.

Darauf kann sich die gnädige Frau verlassen. Aber was geschieht mit den Hunden? Ich kann sie doch nicht mitnehmen.

Bring sie zur Nachbarin. Sie hat eine Hand für Tiere.

Am Abend kehrte Hildegart zurück.

Wo warst du? fragte Aurora.

In der Redaktion. Ein Abschiedsbesuch. Ich habe ihnen auch deinen Artikel gebracht.

Ohne mich zu fragen?

Warum auch. Wir sind doch, spottete Hildegart, ein Herz und eine Seele. Im übrigen wird er unter meinem Namen erscheinen. Weil er genausogut von mir stammen könnte.

Wir fahren nach Mallorca, sagte Aurora.

Du fährst nach Mallorca. Mein Entschluß steht fest.

Nun begannen Auroras Vorhaltungen von neuem. Ohne auf die Anwesenheit des Dienstmädchens noch länger Rücksicht zu nehmen, warf sie Hildegart Verrat vor, geistige Prostitution, vergleichbar der körperlichen, bloß noch verwerflicher.

Zwei Tage und zwei Nächte, in denen sie ihre Tochter zwang, ihr Bedürfnis nach Schlaf zu unterdrücken, versuchte Aurora Rodríguez vergeblich, einen Sinneswandel herbeizuführen. Am achten Juni, am Morgen eines frühsommerlich heißen Tages, verließ Hildegart, mit leerem, ausdruckslosem Gesicht, noch einmal das Haus. Am späten Vormittag kehrte sie zurück. Mutter und Tochter schlossen sich im Arbeitszimmer ein. Vorher wies Aurora das Dienstmädchen an, sie unter keinen Umständen zu stören. Die Mahlzeiten würden entfallen. Es ginge darum, die Einzelheiten des Aufenthalts auf der Mittelmeerinsel zu besprechen.

Vor Gericht erklärte Aurora Rodríguez, sie habe, angesichts der Verstocktheit ihrer Tochter, erwogen, zum letzten Mittel zu greifen und Hildegart zu eröffnen, welche Eigenschaften ihr Vater besessen hatte. Aber diese Enthüllung sei nicht notwendig geworden. Während der kurzen Abwesenheit Hildegarts müsse sich etwas zugetragen haben, eine Begegnung, ein Brief oder ein Telefongespräch, was ihrer Tochter klarmachte, daß Auroras Befürchtungen zutrafen. Hildegart sei bei der Rückkehr erschüttert gewesen und unsicher. Sie, Aurora, habe sich diesen Zustand zunutze gemacht und immer wieder, schnell und bitter, ihre Überzeugung kundgetan, daß Hildegarts Entscheidung, sich von der Mutter zu trennen, nichts anderes bedeutete als den Verrat ihrer Ideale und die Kapitulation vor dem Feind.

Bei Einbruch der Nacht hätten ihre Argumente zu wirken begonnen. Hildegart habe, zum erstenmal seit vielen Jahren, geweint. Sie habe ihr, Aurora, recht gegeben, aber eingestanden, daß sie zu schwach sei, zu erschöpft, ausgebrannt, um die Aufgabe, für die sie ihre Mutter vorgesehen hatte, zu erfüllen. Es mangle ihr an Kräften für den Kampf und vor allem für den Sieg. Sie fühle einen Abgrund zwischen sich und dem Ziel, möchte wochenlang, jahrelang nur schlafen, nur spielen, nur ausruhen. Viel zu spät habe sie erkannt, daß der ganzen Welt nur daran gelegen war, sie dem Schutz der Mutter zu entziehen. Nun wisse sie darum, habe sich von ihr, Aurora, überzeugen lassen, fürchte aber, nein wisse, daß sie morgen schon ganz anders denken, den Versuchungen, vom geraden Weg abzuweichen, erliegen würde. Dann habe sie geschwiegen, nur geschluchzt und schließlich in einem Ton, den sie, Aurora, nie würde vergessen können, gerufen: Hilf mir Mutter, so hilf mir doch!

Auf Auroras Frage, wie diese Hilfe erfolgen sollte, habe Hildegart geantwortet, daß sie, da sie keinen Ausweg wüßte, an Selbstmord dachte, aber für diese Tat zu mutlos sei. Sie, Aurora, habe Hildegart geschaffen; an ihr liege es jetzt, ihr Werk, da es gescheitert war, zurückzunehmen. Täte sie das nicht, fügte sie schnell hinzu, als sie Auroras Entsetzen bemerkte, so würde ihre Mutter es schon morgen tief bereuen. Aurora Rodríguez habe der Bitte nach langem, freilich halbherzigem Sträuben, da sie wußte, daß Hildegart sie zu Recht vorbrachte, nachgegeben.

Das Dienstmädchen hörte, bevor es zu Bett ging, ein Flüstern im Arbeitszimmer. Weil ihr Aurora Rodríguez untersagt hatte, den Raum zu betreten, beugte sie sich zum Schlüsselloch und sah Hildegart auf dem Schoß der Frau, was diese sonst nie gestattet hatte. Das Mädchen hielt einen Arm um den Nacken der Mutter geschlungen, die Wange an ihre Schulter geschmiegt, und wiederholte, mit geschlossenen Augen, ein ums andere Mal: Du wirst es tun. Nicht wahr? Versprich es mir.

Ja, sagte Aurora, ich mach' es noch diese Nacht. Aber schlaf jetzt.

Als sie, nach zwei Stunden, an den ruhigen und gleichmäßigen Atemzügen erkannte, daß Hildegart in tiefen Schlaf gefallen war, trug sie ihre Tochter, nicht ohne geringe Anstrengung, in deren Zimmer, legte sie vorsichtig auf das Bett und warf eine Decke über ihren Körper. Dann rückte sie einen Stuhl heran, setzte sich und *überließ mich ganz meinem Schmerz.*

Hildegart schlief ruhig.

Am Morgen, gegen acht, hörte Aurora, wie das Dienstmädchen die Wohnung verließ. Wenig später stand sie auf und holte die Pistole aus ihrem Schlafzimmer.

11

Am neunten Juni 1933, gegen Mittag, begab sich der Anarchosyndikalist Eduardo de Guzmán, Chefredakteur der Tageszeitung ›La Tierra‹, nachdem ihn die schreckliche Nachricht unerwartet getroffen hatte, in das gerichtsmedizinische Institut der Stadt Madrid. Auf der Straße, die sich vor dem Gebäude zu einem Platz erweiterte, standen mehrere Gruppen von Frauen, gut gekleidet und geschminkt, wie er mißbilligend feststellte, die das Geschehen eifrig kommentierten. Erschütterung glaubte er nicht wahrzunehmen, bloß jenen Schauer angenehmer Erregung, der die Angehörigen besserer Stände bei fremdem Leid stets überkommt. Trotzdem überraschte es ihn, in den Gesichtern den angemessenen Ernst zu vermissen, den Schmerz, die Trauer.

Über den Innenhof betrat Guzmán, nachdem er sich als Journalist und Freund der Verstorbenen ausgewiesen hatte, die Aufbewahrungshalle. Dr. Alberich, einer der Ärzte, die die Autopsie vorgenommen hatten, nahm sich seiner an. Er führte ihn, an Leichenteilen und blutgetränkten Tüchern vorbei, zu einem Steintisch, auf dem Hildegart lag, nackt bis auf ein Pappschild am Fuß. Schon das erste Projektil, sagte er, das die Herzkammer durchdrang, ist absolut tödlich gewesen. Allem Anschein nach wurde die Tat verübt, während das Opfer schlief. In Anbetracht der einsetzenden Verwesung hat man dem Leichnam mehrere Phiolen Formol und Glyzerin gespritzt.

Hildegarts Körper schien, trotz der Wunden, unversehrt. Das dunkle, gewellte Haar verdeckte die Einschußlöcher und die Brandspuren der aus nächster Nähe abgegebenen Schüsse. Die Augen waren geschlossen, der Mund, wie zu einem Lächeln, leicht geöffnet. Die vollen, aber wächsernen Wangen, der kurze, etwas gedrungene Hals. Es verwirrte den jungen Mann, das Mädchen, das in den letzten drei Jahren die eifrigste, aber immer unnahbare Mitarbeiterin seiner Zeitung gewesen war, unbekleidet zu sehen, ihre schweren, nach außen neigenden Brüste, die dicht behaarte Scham. Hildegart sei zu Lebzeiten imstande gewesen, jedes sinnliche Begehren eines Mannes vergessen zu machen. Guzmán wandte sich ab.

Vor dem Gebäude traf er auf eine Gruppe von Arbeiterinnen einer Textilfabrik aus Carabanchel. Sie wollten die Mittagspause nützen, um Hildegart ihre Ehre zu erweisen: mit roten Nelken, die sie jetzt, da sie der Türsteher abwies, nicht loswurden. Erst vor einem Monat hatte die Tote zu ihnen geredet, war als einzige der angesprochenen Politiker bereit gewesen, ihren Arbeitskampf zu unterstützen.

Aber was, fragten sie den Journalisten, hat es mit den

Gerüchten auf sich, die man überall hört? Daß Aurora, die eigene Mutter, mit der sie doch ein Herz und eine Seele war, die Tat beging. Sagen Sie uns, daß es nicht stimmt. Daß es jemand anderes war. Pistoleros. Bitte! *Vier Pistolenschüsse machten in den frühen Morgenstunden des heutigen Tages ein blühendes Leben zunichte, erstickten die Hoffnung, die der herausragenden Vertreterin der spanischen Jugend gegolten hatte. Wie konnte es zu diesem tragischen Ereignis kommen, das heute ganz Spanien bewegt? Diese Frage haben wir uns immer wieder gestellt, seit die ersten, noch vagen Gerüchte ihre Bestätigung fanden. Hildegart wurde von ihrer eigenen Mutter getötet, die stets an ihrer Seite war, selbstlos und großzügig, und deren Sorge nur ihrer Tochter galt. Nie herrschten Mißtrauen oder Zank zwischen ihnen, nicht einmal jene kleinen Verstimmungen, die im Familienleben doch unvermeidlich sind. Wie man hört, hat Auroras Einvernahme bereits begonnen; es ist nicht vermessen anzunehmen, daß sie es in ihrer übergroßen Liebe nicht verwinden konnte, daß Hildegart sich von ihr trennen wollte. Nur in einem Zustand geistiger Umnachtung konnte Aurora Rodríguez diese schreckliche Tat begehen.* Guzmáns Kollegen in den Redaktionen konservativer Blätter waren nicht weniger ratlos. Aber diese, die Hildegart zu ihren Lebzeiten mit ihrem Spott nicht verschont hatten, fanden nun Gelegenheit, auf die bösen Folgen feministischer Militanz hinzuweisen. So etwas steht ja zu erwarten, wenn Frauen, die von Natur aus für geistige Arbeit nicht vorgesehen sind, radikale Standpunkte einnehmen. Der Haß auf alle Männer hat Aurora Rodríguez zur Mörderin des eigenen Kindes gemacht. Oder: Hildegart soll schon seit langem die sexuelle Freizügigkeit, die sie unermüdlich propagierte, mit dem eigenen Körper praktiziert haben. Für gewöhnlich gut informierte Kreise hielten es auch nicht für ausgeschlossen, daß das Mädchen infolge einer unsachgemäßen Abtreibung verblutet war. Oder daß es von seiner Mutter getötet wurde, als es ihr eröffnete, schwanger zu sein. Es lief auch das Gerücht, daß Aurora Rodríguez gar nicht die leibliche Mutter von Hildegart war, eine Annahme, die Guzmán schon vor dem gerichtsmedizinischen Institut gehört haben wollte. Verbotene gleichgeschlechtliche Liebe sei im Spiel gewesen, die, als sich die Jüngere widersetzte, blutig endete.

Am zweiten Tag erwiesen sich diese Meldungen als unhaltbar. Nun bemühten die Zeitungen angebliche Freunde der beiden Frauen, die behaupteten, beim Zerwürfnis zwischen Hildegart und ihrer Mutter zugegen gewesen zu sein. Hildegarts Entschluß, sich von ihrer Mutter zu trennen, sei auf ihre Absicht zurückzuführen, dem Werben ihres Parteifreundes, des Barceloner Vizebürgermeisters Abel Velilla, nachzugeben. Velilla habe bei Aurora Rodríguez um die Hand des Mädchens angehalten, aber einen abschlägigen

Bescheid erhalten. Hildegart, soll Aurora dem Mann gesagt haben, ist nicht zum Heiraten auf die Welt gekommen. Sie soll ihre Mission erfüllen. Eure Gefühle füreinander werden nicht von Dauer sein. Da habe Hildegart geweint und sich gefügt. Aber Aurora Rodríguez mußte wohl geahnt haben, daß dieses Nachgeben nicht für immer sein würde.

Don Abel Velilla, Advokat in Barcelona, hat sich bald gemeldet. Zuerst mit einem Telegramm bei ›La Tierra‹, deren politische Linie seiner eigenen entsprach. In einer Depesche bat er, die sensationsheischende Version des Tatmotivs zu dementieren, die respektlos und entwürdigend sowohl für die illustre Verstorbene als auch für ihn selbst sei. Nie habe ich mit Hildegart über eine angeblich zwischen uns bestehende Liebesbeziehung gesprochen noch um ihre Hand angehalten oder sie auch nur in ihrer Wohnung aufgesucht. Ihr gegenüber hegte ich nie andere Gefühle denn solche der Bewunderung für ihr enormes Talent und Dankbarkeit wegen ihrer selbstlosen Mitarbeit, deren Verlust die Föderalistische Partei lange nicht verwinden wird. Außerdem, erklärte er in einem Ferngespräch mit einer anderen Zeitung, habe ich meine intimen Gefühle seit längerem schon anderweitig gebunden.

Am elften Juni fand das Begräbnis statt, bei dem sich, obwohl es ein gewöhnlicher Wochentag war, Zehntausende einfanden. Der Trauerzug, dem sich viele Abgeordnete, Gewerkschafter und prominente Intellektuelle anschlossen, in dem aber, wie Guzmán betonte, einfache Arbeiterinnen überwogen, führte in die Vorstadt Las Ventas. Hier wurde Hildegart im Cementerio Civil bestattet, in ungeheiligter Erde, vorbehalten den Gottlosen.

Im Gefängnis von Noviciado wies man Aurora Rodríguez eine Einzelzelle zu. Den Beamtinnen galt die Frau als aufsässig. Die Einrichtung, den Tagesablauf, die Mahlzeiten unterzog sie einer scharfen und, wie es den Wachorganen schien, ungerechtfertigten Kritik. Sie verlangte, mit anderen Häftlingen zusammengelegt zu werden. Das Ansuchen wurde von der Gefängnisleitung abgelehnt. Dann setzte sie es durch, am täglichen Rundgang im Hof teilnehmen zu dürfen. Sie stellte sich in die Mitte des Platzes und versammelte die anderen Frauen um sich. Sie forderte eine Änderung der Gefängnisordnung. Eine Ausweitung der Besuchserlaubnis. Unbeschränkten Empfang postalischer Güter. Gerechte Entlohnung der von den Gefangenen geleisteten Arbeit. Frisches Obst und Gemüse zu jeder Mahlzeit. Den Aufbau einer Gefängnisbibliothek. Wir können doch gar nicht lesen, sagten die Frauen. Alphabetisierung! rief Aurora. Holzfreie Unterwäsche, entgegneten die Gefangenen. Bücher, schrie Aurora. Fleisch und Schminke, skandierten die anderen. Dann trieben die Aufseherinnen Aurora zurück in ihre Zelle.

Der Mißerfolg schien sie nicht zu entmutigen. Sie verlangte Papier, eine Schreibmaschine, entwarf Grundzüge für eine Reform des Strafwesens. Mehr Achtung, rief sie, Ehrerbietung! seid froh, daß ich unter euch weile, meine Vorschläge werden euch zugute kommen, ein würdiges Leben werdet ihr führen.

›Die Verrückte‹ nannten sie die anderen, flochten ihr eine Krone aus Peddigrohr, hängten ihr ein schmutziges Handtuch um, führten sie so spazieren. Sie wehrte sich nicht.

Der Rechtsanwalt Mariano López, der den Fall übernommen hatte, als sein Vorgänger zum Minister bestellt wurde, war zufrieden, als ihm Klagen über Auroras sonderbares Verhalten kamen. Sie hat begriffen, worauf es ankommt. Ich werde die Verteidigung auf die Unzurechnungsfähigkeit der Mandantin abstimmen.

Aurora Rodríguez verstand nicht. Ich bin für meine Tat voll verantwortlich. Ich habe sie nach reiflicher Überlegung begangen. Es ist mir nicht leicht gefallen. Ich soll an Wahnvorstellungen leiden? Weil ich für die Umerziehung der Prostituierten bin? Weil ich der Meinung bin, daß sich Zigeuner gewerkschaftlich organisieren sollen? Daß Frauen dieselben Rechte haben wie Männer?

Diese Ausführungen, sagte der Vorsitzende, haben nicht das Geringste mit dem Prozeß zu tun. Die Angeklagte möge solche Äußerungen unterlassen und zur Sache sprechen.

Der Prozeß fand ein knappes Jahr nach Hildegarts Tod statt. Stunden vor Beginn der Verhandlung bot die Umgebung des Justizpalastes ein ungewohntes Bild. Schon am Vorabend kamen die ersten Neugierigen. Sie vertrieben sich die Zeit bis zum Einlaß mit Musik und Tanz. Bettler nutzten die Gelegenheit, Gaukler, die Verkäufer von Erfrischungsgetränken und Süßigkeiten. Zwei Frauen, die hintereinander anstanden, begannen zu streiten, rissen sich, zum Gaudium der umstehenden Männer, an den Haaren, fielen, ineinander verkrallt, zu Boden. Ein Polizist trennte sie mit kräftigen Hieben.

Die Zuhörer wurden nach Waffen durchsucht. Bei Gericht waren anonyme Morddrohungen eingegangen, man befürchtete ein Attentat. In den Monaten seit Hildegarts Tod war die Zahl von Kindsmorden um das Doppelte angestiegen. Frauen, bisher unauffällige, unbescholtene Personen, hatten ihre Töchter getötet, andere wieder gaben ihren neugeborenen Mädchen den Namen Hildegart, junge Männer verspotteten damit ihre Verlobten, wenn diese sich für Politik interessierten oder für Frauenfragen, oft auch nur, wenn sie Zeitung lasen oder ein Buch zur Hand nahmen. Das ist doch nichts für eine Frau. Wenn du so weitermachst, wirst du wie Hildegart enden.

Zu Beginn der Verhandlung wirkte Aurora Rodríguez ruhig und gefaßt. In der Hand hielt sie eine rote Nelke, die ihr eine Frau zugesteckt hatte, als sie von zwei Beamtinnen dem Gericht vorgeführt wurde. Auf die Fragen des Staatsanwalts antwortete sie laut und deutlich. Wenn sie auf politische Ereignisse zu sprechen kam, unterbrach sie der Vorsitzende und verbat sich aufrührerische Reden. Im Wiederholungsfall, drohte er, muß der Prozeß hinter geschlossenen Türen stattfinden. Unter solchen Umständen, sagte Aurora, verzichte ich auf weitere Erklärungen.

Noch am ersten Prozeßtag verlasen zwei vom Gericht bestimmte Sachverständige, die konservativen Ärzte Vallejo Nájera und Piga, ihr Gutachten: Aurora Rodríguez Carballeira ist Psychopathin. Sie leidet an Exhibitionismus und Verfolgungswahn. Ihre Haßgefühle sind stark ausgeprägt. Der natürliche Mutterinstinkt ist verkümmert. Aber sie war zum Zeitpunkt des Verbrechens bei klarem Verstand. Sie ist paranoid, aber nicht paranoisch, deshalb für ihre Tat voll verantwortlich.

Dem widersprachen, am Morgen des zweiten Tages, die von der Verteidigung aufgebotenen Psychiater. Sie, die Doktoren Sacristán, Prado und Fuertes, hatten Aurora Rodríguez unmittelbar nach der Tat und in den darauffolgenden Wochen häufig und eingehend untersucht; alle an ihr vorgenommenen Tests und Prüfungen haben den ersten Verdacht, die Angeklagte leide an unheilbarer Paranoia, bestätigt. Für das ihr zur Last gelegte Verbrechen kann man sie aus diesem Grund nicht zur Rechenschaft ziehen.

Im Anschluß an dieses Gutachten kam es zu einer heftigen Auseinandersetzung zwischen den Sachverständigen. Beide Seiten warfen einander Unfähigkeit, Geltungsbedürfnis und Leichtfertigkeit vor. Der Staatsanwalt fragte Aurora Rodríguez, ob sie sich für geisteskrank halte. Die Frau verlor zum erstenmal die Beherrschung, sprang auf und umfaßte die Brüstung vor ihr so fest, daß die Knöchel weiß hervortraten.

Nein und wieder nein!

Na also, sagte der Mann: es braucht wohl keinen weiteren Beweis.

Einspruch! rief der Verteidiger.

Man schlägt auf mich ein, schrie Aurora, und will Reformen treffen. Nicht gegen mich geht es, sondern gegen den Fortschritt.

Der Vorsitzende entzog ihr das Wort. Ich lasse es nicht zu, daß diese Frau eine politische Märtyrerin aus sich macht. Zur Beruhigung der Gemüter wurde die Verhandlung vertagt.

Nervosität – das ist, in einem Wort, die Stimmung hier im Saal. Die Frauen im Publikum sind nervös und verfolgen den Prozeß mit großer Aufregung. Die meisten sind von der Schuld der Angeklagten überzeugt. Viele aber scheuen sich nicht, ihre Anteilnahme mit Aurora Rodríguez zu bekunden, ja sie zeigen sogar, wenn man halblauten Kommentaren Glauben schen-

ken darf, Verständnis. Nervös auch die Sachverständigen, nervös der Staatsanwalt, der Verteidiger. Nervös auch, anders als gestern, die Angeklagte und vor allem, in einem unglaublichen Ausmaß, die aufgebotenen Zeugen. Jene, die Aurora Rodríguez durch Hildegarts politische Arbeit kennengelernt hatten, unter ihnen Minister, Gemeinderäte und Hochschullehrer, wurden von der Pflicht zur Zeugenschaft entbunden. Übrig blieben das Dienstmädchen Julia Sanz, die Portiersfrau des Hauses, mehrere Nachbarinnen und einige Männer, die behaupteten, zur Verstorbenen in einer engen, ausschließlich väterlichen Beziehung gestanden zu haben, eine Angabe, die Aurora Rodríguez energisch zurückwies. Als das eingeschüchterte Dienstmädchen, das angesichts der vielen Menschen im Saal zu stottern begann, hervorstieß, daß Aurora ihre Tochter mehrmals geschlagen habe, unterbrach sie Hildegarts Mutter. Du lügst, Julia. Und du weißt es ganz genau. Unruhe kam auf, als der Verteidiger angab, daß sich Hildegarts Vater im Saal befände. Aurora leugnete es und bekräftigte, daß dieser Mann seit vielen Jahren tot sei.

Dann begann das Plädoyer des Staatsanwalts. Er betonte, daß er Geschworenengerichte, *eine der vielen negativen Errungenschaften der Demokratie,* persönlich ablehne, daß er es aber immerhin begrüße, daß sich unter den Geschworenen nur Männer befänden, die sich im Gegensatz zu Frauen nicht von Gefühlen leiten ließen und rationalen Argumenten zugänglich seien.

Die Angeklagte, *zutiefst pervers,* habe die Tat aus drei Gründen begangen: weil ihre Tochter ein unabhängiges Leben führen wollte; weil sich Hildegart verliebte; weil Hildegart der Politik den Rücken kehrte. Aurora Rodríguez habe das Verbrechen lange vorbereitet und keinesfalls im Affekt gehandelt. Sie sei im übrigen nur durchschnittlich begabt. Die Angeklagte ist schlau, nicht mehr. Mittelmaß. Der Verteidigung warf er vor, an der Wahrheitsfindung nicht interessiert zu sein, ihr ginge es nur darum, das Gericht von der Unzurechnungsfähigkeit der Angeklagten zu überzeugen.

Am dritten und letzten Tag kam Auroras Verteidiger zu Wort. Er verwies darauf, daß es in ihrer Verwandtschaft mehrere Fälle von Geisteskrankheit gegeben habe, daß ihr Triebleben, wie sie durch ihre Vergangenheit bewiesen habe, verkümmert sei, daß die von ihm mit einem Gutachten beauftragten Psychiater ihre Arbeit unentgeltlich geleistet hätten, während die Herren Vallejo Nájera und Piga, einmal davon abgesehen, daß sie Hildegarts Arbeit in der Liga für Sexualreform immer mit Hohn und Ablehnung verfolgt hatten, für ihr Gutachten übertriebene Honorarforderungen stellten, ja, daß einer der beiden Aurora Rodríguez überhaupt erst im Gerichtssaal zu Gesicht bekommen habe.

Die Angeklagte ist unheilbar krank, sie darf für ihre Tat nicht zur Rechenschaft gezogen werden, ich plädiere auf Einweisung in eine geschlossene Anstalt.

Der Vorsitzende fragte Aurora Rodríguez, ob sie den Ausführungen etwas hinzufügen wolle.

Ja, Euer Gnaden. Ich bin mit der Rede des Verteidigers in keinem Punkt einverstanden. Ich bin nicht verrückt.

Um ein Uhr wurde das Urteil verkündet. Aurora Rodríguez ist schuldig befunden, ihre Tochter Hildegart durch Schüsse aus einer Pistole getötet zu haben. Die Angeklagte befand sich zum Zeitpunkt der Tat bei klarem Verstand. Mildernde Umstände liegen nicht vor.

Aurora Rodríguez wurde zu einer Haftstrafe von sechsundzwanzig Jahren, acht Monaten und einem Tag, verschärft durch einen Fasttag vierteljährlich, verurteilt. Die Anklage wegen unerlaubten Waffenbesitzes wurde am zweiten Verhandlungstag fallengelassen, weil dieses Delikt unter ein von der Regierung erlassenes Amnestiedekret fiel.

Anderthalb Jahre später wurde Aurora nach einem neuen psychiatrischen Gutachten in eine Heilanstalt überwiesen. Zu einer Neuaufnahme des Verfahrens kam es nicht mehr: Monate später erhoben sich vier Generäle gegen die Regierung. In den Wirren des Bürgerkriegs, schrieb Guzmán, verlor sich Auroras Spur.

12

Ciempozuelos, ein Dorf im Jarama-Tal dreihundert Meter über dem Meeresspiegel, lag mehrere Wochen lang im Niemandsland zwischen den Fronten. Seine Bewohner hatten sich beim Herannahen der von Franco befehligten Truppen mit Karren, auf denen sie ihren Hausrat mitführten, in die fünfunddreißig Kilometer entfernte Hauptstadt geflüchtet. Zurück blieben die verschreckten Insassen der zwei Irrenhäuser (das eine für Männer, das andere für Frauen), über deren Köpfe die Schrapnelle und Mörsergeschosse pfiffen. In der Anstalt für Frauen waren die meisten Pflegerinnen gleich bei Kriegsausbruch zu Verwandten ins Hinterland geflohen. Wenige Nonnen weigerten sich, die Patienten allein zu lassen. Freilich waren sie diesen nicht zu Nutze: Im Gefechtslärm schlossen sie sich in der Kapelle ein und beteten für den Sieg der von Gott erleuchteten Putschisten.

Zu Beginn ihres Aufenthaltes in Ciempozuelos hatte Aurora Rodríguez Vorschläge für eine Reform des Anstaltslebens eingebracht. Für die Krankenschwestern zum Beispiel verlangte sie zwei Monate Urlaub pro Jahr. Heilbare Patienten sollten sofort entlassen werden und bei Bedarf ambulante Behandlung erhalten. Für die Unheilbaren forderte sie die Errichtung von autarken Lebensgemeinschaften. Den Ärzten dürfte es nur in Ausnahmefällen gestattet werden, eine Ehe zu schließen. Die Wahl ihrer Gefährtinnen würde den Patienten obliegen.

Als durch die Flucht und Verwirrung des Pflegepersonals die Kranken sich selbst überlassen waren, sah sich Aurora verpflichtet, für ihr Wohl zu sorgen. Unter ihrer Führung sprengten die Frauen das Haupttor und richteten sich in den Häusern des Dorfes ein. Nach einer Woche gingen die zurückgelassenen Vorräte zur Neige, und die Patientinnen begannen für ihre Ernährung Sorge zu tragen. An die Gegenwart des Krieges gewöhnten sie sich rasch. Die ärztliche Betreuung vermißten sie kaum.

Im Februar 1937 besetzte ein Bataillon der nationalen Armee das Dorf. Die Frauen wurden zurück ins Hospital getrieben. Zwanzig Tage später inspizierte General Franco, auf der Durchreise nach Palencia, Ciempozuelos; mit ihm kamen neue Ärzte. Die psychiatrischen Anstalten wurden unter militärische Oberhoheit gestellt.

Aurora Rodríguez, die als Rädelsführerin mehrere Monate in einer Einzelzelle zubringen mußte, zeigte sich mit Beginn der Franco-Herrschaft deprimiert und hoffnungslos. Sie las keine Zeitungen mehr und verweigerte jede Arbeit. Das Essen schlang sie achtlos hinunter. Nur noch einem der Ärzte, Juan Martínez, gelang es, ihr Schweigen zu brechen. Er nickte, wenn sie von der Notwendigkeit sprach, die Nachkommenschaft radikal einzuschränken. Aber dann erfuhr sie, daß er zum viertenmal Vater geworden war. Da ging sie ihm aus dem Weg. Wie soll die Menschheit überleben, wenn sich alle wie Kaninchen vermehren? Manchmal unterhielt sie sich noch mit Dr. Alberdi. Bis sie hörte, daß er jeden Sonntag die Kommunion empfing. Pfaffenbrut. Ihre ganze Zuneigung galt nur noch einer Katze, deren Tod sie lange betrauerte. So lebte sie, sprachlos geworden, dahin. Am achtundzwanzigsten Dezember 1955 soll sie gestorben sein.

13

Zwanzig Jahre später erhielt Eduardo de Guzmán, nachdem er in einem Aufsatz an Hildegart erinnert hatte, einen Brief aus Barcelona.

Verehrter Freund!

Mit Interesse und Zustimmung habe ich Ihren Artikel gelesen, in dem Sie das Leben und Wirken meiner Tochter Hildegart würdigen. Alles, was Sie darüber schreiben, findet meine ungeteilte Zustimmung. Eine, allerdings belanglose, Kleinigkeit gilt es zu ergänzen: Sie meinen, daß Hildegarts Mutter, die Sie nach dem Prozeß aus den Augen verloren, wohl schon vor Jahren verstorben sei. Das ist ein Irrtum. Ich lebe und bin wohlauf.

Mit dem Ausdruck meiner Wertschätzung!
Aurora Rodríguez Carballeira

Guzmán, der über Auroras Überstellung nach Ciempozuelos nicht unterrichtet war, suchte die auf dem Umschlag angegebene Adresse auf. Dort aber fand er niemand vor. Auch die Nachbarn konnten ihm keinen Hinweis auf den Ursprung des Schreibens geben. Unverrichteter Dinge trat er die Heimreise an.

Dem Autor fällt es im nachhinein schwer, das Geflecht von Fakten und Mutmaßungen zu ordnen und zu entwirren. Der Anstand erfordert es aber, wenigstens die wichtigsten Dokumente zu nennen, ohne deren Kenntnis die vorliegende Erzählung nicht hätte geschrieben werden können: Hildegarts Artikel, die zwischen Mai 1929 und Juni 1933 in der Tagespresse (vor allem ›El Socialista‹ und ›La Tierra‹) veröffentlicht wurden, ihre insgesamt dreizehn Bücher und Broschüren, der Inhalt der Gespräche, die Eduardo de Guzmán mit Aurora Rodríguez nach der Tat im Gefängnis führte und die er in seinem Buch ›Mi hija Hildegart‹ (1977) wiedergab, sowie die Prozeßberichte in den Madrider Zeitungen ›El Sol‹, ›Heraldo de Madrid‹ und ›La Tierra‹ vom Mai 1934.

Der Magistrat der Stadt Wien hat die Arbeit an dieser Erzählung mit einem Stipendium unterstützt. Er sei bedankt.

Bitte beachten Sie auch die folgenden Seiten

25 Jahre Diogenes Taschenbuch

25 Bücher aus 25 Jahren
in einmaligen Auflagen zum einmaligen Preis

»Eines der künstlerisch erlesen gestalteten Diogenes Taschenbücher in der Hand zu halten bereitet nachgerade sinnlichen Kitzel. Bei Diogenes widerfährt dem Käufer und Leser etwas Ungewöhnliches: Vertrauen. Er kann sicher sein, daß ihm ausnahmslos hochkarätige Literatur offeriert wird.«
taschenbuch magazin

● **Eric Ambler**
Die Maske des Dimitrios
Roman. Aus dem Englischen von Mary Brand und Walter Hertenstein

● **Alfred Andersch**
Die Rote
Roman

● **Ray Bradbury**
Fahrenheit 451
Roman. Aus dem Amerikanischen von Fritz Güttinger

● **Anton Čechov**
Die Dame mit dem Hündchen
und andere Erzählungen. Ausgewählt von Franz Sutter. Aus dem Russischen von Ada Knipper, Herta von Schulz und Gerhard Dick

● **Andrea De Carlo**
Vögel in Käfigen und Volieren
Roman. Aus dem Italienischen von Burkhart Kroeber

● **Philippe Dijan**
Betty Blue
37,2° am Morgen. Roman. Aus dem Französischen von Michael Mosblech

● **Doris Dörrie**
»Was wollen Sie von mir?«
Erzählungen

● **Friedrich Dürrenmatt**
Die Panne
und andere Erzählungen

● **William Faulkner**
Griff in den Staub
Roman. Aus dem Amerikanischen von Harry Kahn

● **F. Scott Fitzgerald**
Der große Gatsby
Roman. Aus dem Amerikanischen von Walter Schürenberg

● **Erich Hackl**
Auroras Anlaß
Erzählung

● **Patricia Highsmith**
Der süße Wahn
Roman. Aus dem Amerikanischen von Christian Spiel

● **John Irving**
Das Hotel New Hampshire
Roman. Aus dem Amerikanischen von Hans Hermann

● D.H. Lawrence
Ein moderner Liebhaber
und andere Erzählungen. Ausgewählt, aus dem Englischen und mit einem Nachwort von Elisabeth Schnack

● W. Somerset Maugham
Der Menschen Hörigkeit
Roman. Aus dem Englischen von Mimi Zoff und Susanne Feigl

● Carson McCullers
Das Herz ist ein einsamer Jäger
Roman. Aus dem Amerikanischen von Susanna Rademacher

● Ian McEwan
Der Zementgarten
Roman.

● Brian Moore
Die Frau des Arztes
Roman. Aus dem Englischen von Jürgen Abel

● Frank O'Connor
Und freitags Fisch
Erzählungen. Aus dem Englischen von Elisabeth Schnack

● George Orwell
Mein Katalonien
Bericht aus dem Spanischen Bürgerkrieg. Aus dem Englischen von Wolfgang Rieger

● Georges Simenon
Die Fantome des Hutmachers
Roman. Aus dem Französischen von Eugen Helmlé

● Muriel Spark
Memento Mori
Roman. Aus dem Englischen von Peter Naujack

● Patrick Süskind
Der Kontrabaß

● Andrzej Szczypiorski
Die schöne Frau Seidenman
Roman. Aus dem Polnischen von Klaus Staemmler

● Urs Widmer
Liebesnacht
Erzählung

Erich Hackl im Diogenes Verlag

Auroras Anlaß

Erzählung

Eines Tages sah sich Aurora Rodríguez veranlaßt, ihre Tochter zu töten. So beginnt die außergewöhnliche Geschichte der Spanierin Aurora Rodríguez, die auf der Suche nach Selbstverwirklichung an die Schranken gesellschaftlicher Konventionen stößt und ihre Träume von einer besseren Welt von einer anderen, fähigeren Person realisiert sehen möchte: einer Frau, ihrer Tochter Hildegart.

»Bewundernswert ist die artistische Sicherheit, mit der Erich Hackl zu Werke geht, ist die Präzision, mit der dieser Schriftsteller Auroras Abenteuer protokolliert auf eine Weise, die uns, wenn der Aberwitz mit solcher Beiläufigkeit zur Sprache findet, nachhaltig in die größte Spannung versetzt. So daß wir fast nicht glauben mögen, daß sie sich tatsächlich zugetragen hat, diese Geschichte.«
Frankfurter Allgemeine Zeitung

»Kleistisch erzählt.« *Die Weltwoche, Zürich*

»Ein großartiges Debut.« *Le Monde, Paris*

Ausgezeichnet mit dem Aspekte-Literaturpreis 1987

Abschied von Sidonie

Erzählung

Erich Hackl ist – wie schon mit seiner aufsehenerregenden Erzählung *Auroras Anlaß* – einem unerhörten, jahrzehntelang verschwiegenen Fall nachgegangen; in einer knappen, präzisen Sprache erzählt er das bewegende Schicksal des Zigeunermadchens Sidonie Adlersburg, ihr kurzes Glück bei den Pflegeeltern

und deren verzweifelte Bemühungen, das Kind vor dem ihm zugedachten Ende zu bewahren.
Abschied von Sidonie ist nicht nur eine Chronik der Gewalt, von ›Trägheit des Herzens‹ und Bestialität des Anstands, sondern auch eine Liebeserklärung an Menschen, die in großen wie in kleinen Zeiten Mitgefühl und Selbstachtung vor falsch verstandene Pflichterfüllung gestellt haben. Zugleich gibt das Buch einen tiefen Einblick in den Zustand eines Landes und seiner Bewohner, zeigt, was möglich war und was wirklich wurde, und was davon geblieben ist.

»Die Fähigkeit Hackls, aus den zur Meldung geschrumpften Fakten wieder die Wirklichkeit der Ereignisse zu entwickeln, die Präzision und zurückgehaltene Kraft der Sprache lassen an Kleist denken. Aber von Abhängigkeit, von Nachahmung gar kann die Rede nicht sein. Hier hat ein junger Autor den Mut, sich in gutgebauten Sätzen zu äußern, sich nicht quasi-experimentell zu geben, nicht um jeden Preis neu zu sein. Schon das ist eine Neuheit.«
Kyra Stromberg/Süddeutsche Zeitung, München

König Wamba

Ein Märchen. Mit Zeichnungen von Paul Flora

»Das Märchen von Macht, Usurpation, Sanftmut und List erzählt Hackl lakonisch, klar, ohne auf poetischen Stelzen zu schreiten. Er bringt seine Geschichte so rein, deutlich und sicher ins Wort, wie unverfälschte Märchenerzähler das können. Simplizität als Merkmal von Wahrheit – und Genie. Allerhöchstes Lesevergnügen!« *Ute Blaich/Die Zeit, Hamburg*

Sara und Simón

Eine endlose Geschichte

Die Geschichte einer jungen Frau namens Sara Méndez, die 1973 aus Uruguay flieht und in Argentinien den Kampf gegen das Regime fortsetzt. Ihren Sohn Simón muß sie zurücklassen – einen von Tausenden ›Verschwundenen‹.

»Ein Fall, den er mit schlichten und gerade dadurch treffenden Worten nacherzählt. Hackl gelingt es damit, gleichzeitig einen informativen Abriß südamerikanischer Zeitgeschichte zu entwerfen, einen Eindruck über die Schwierigkeit bei der gesellschaftlichen Bewältigung der Verbrechen der Militärdiktatur zu vermitteln als auch eine einzelne menschliche Tragödie ohne falsches Pathos zu schildern.«
Wirtschaftswoche, Wien

»Eine der wichtigsten literarischen Innovationen dieses Jahrhunderts. Genau und mit beachtlicher Kenntnis der Verhältnisse beschreibt Hackl die Intrigen der Macht, die Untaten der Folterer und Mörder, die Winkelzüge politischer Repression.«
Süddeutsche Zeitung, München

»Drei Jahre hat Hackl für *Sara und Simón* vor Ort recherchiert, und das Ergebnis ist frei von Verkünderpathos. Ein schlichter, berührender Tatsachenbericht mit dem durch nichts zu übertreffenden Vorzug der Wahrheit.« *News, Wien*

»Hackl versteht es zu schreiben, daß der Leser atemlos bei der Sache bleibt.« *Salzburger Nachrichten*

Bernhard Schlink im Diogenes Verlag

Der Vorleser

Roman

Eine Überraschung des Autors Bernhard Schlink: Kein Kriminalroman, aber die fast kriminalistische Erforschung einer rätselhaften Liebe und bedrängenden Schuld.

»Ein Höhepunkt im deutschen Bücherherbst. Eine aufregende Fallgeschichte, so gezügelt wie Genuß gewährend erzählt. Das sollte man sich nicht entgehen lassen, weil es in der deutschen Literatur unserer Tage hohen Seltenheitswert besitzt.«
Tilman Krause/Tagesspiegel, Berlin

»Ein genuiner Schriftsteller kommt hier ans Licht. Nach drei spannenden Kriminalromanen ist dies Schlinks persönlichstes Buch.«
Michael Stolleis/FAZ

»Der beklemmende Roman einer grausamen Liebe. Ein Roman von solcher Sogkraft, daß man ihn, einmal begonnen, nicht aus der Hand legen wird.«
Hannes Hintermeier/AZ, München

»Die Überraschung des Herbstes. Ein bezwingendes Buch, weil eine Liebesgeschichte so erzählt wird, daß sie zur Geschichte der Geschichtswerdung des Dritten Reiches in der späten Bundesrepublik wird.«
Mechthild Küpper/Wochenpost, Berlin

Selbs Justiz

Zusammen mit Walter Popp

Roman

Privatdetektiv Gerhard Selb, 68, wird von einem Chemiekonzern beauftragt, einem ›Hacker‹ das

Handwerk zu legen, der das werkseigene Computersystem durcheinanderbringt. Bei der Lösung des Falles wird er mit seiner eigenen Vergangenheit als junger, schneidiger Nazi-Staatsanwalt konfrontiert und findet für die Ahndung zweier Morde, deren argloses Werkzeug er war, eine eigenwillige Lösung.

»Selb, eine, auch in ihren Widersprüchen, glaubwürdige Figur, aus deren Blickwinkel ein gesellschaftskritischer Krimi erzählt wird.«
Jürgen Kehrer/Stadtblatt, Münster

»Selb hat alle Anlagen, den großen englischen, amerikanischen und französischen Detektiven, von Philip Marlowe bis zu Maigret, Paroli zu bieten – auf seine ganz spezielle, deutsche, selbsche Art.«
Ditta Rudle/Wochenpresse, Wien

1992 verfilmt von Nico Hofmann unter dem Titel *Der Tod kam als Freund*, mit Martin Benrath und Hannelore Elsner in den Hauptrollen.

Die gordische Schleife

Roman

Georg Polger hat seine Anwaltskanzlei in Karlsruhe mit dem Leben als freier Übersetzer in Südfrankreich vertauscht und schlägt sich mehr schlecht als recht durch. Bis zu dem Tag, als er durch merkwürdige Zufälle Inhaber eines Übersetzungsbüros wird – Spezialgebiet: Konstruktionspläne für Kampfhubschrauber. Polger gerät in einen Strudel von Ereignissen, die ihn Freund und Feind nicht mehr voneinander unterscheiden lassen.

Ausgezeichnet mit dem Autorenpreis der Kriminalautorenvereinigung ›Syndikat‹ anlässlich der Criminale 1989 in Berlin.

Selbs Betrug

Roman

Privatdetektiv Gerhard Selb sucht im Auftrag eines Vaters nach der Tochter, die von ihren Eltern nichts mehr wissen will. Er findet sie, aber der, der nach ihr suchen läßt, ist nicht ihr Vater, und es sind nicht ihre Eltern, vor denen sie davonläuft.

»Ebenso wie *Selbs Justiz* und der 1988 erschienene Band *Die gordische Schleife* bietet *Selbs Betrug* höchstes Lesevergnügen. Die Figur des Gerhard Selb kann gut und gerne in einem Atemzug mit Krimi-Detektiven wie Maj Sjöwalls und Per Wahlöös schwedischen Ermittlern um Martin Beck, mit Manuel Vázquez Montalbáns Katalane Pepe Carvalho und mit Jakob Arjounis Deutsch-Türke Kemal Kayankaya genannt werden.« *Thorsten Langscheid/Mannheimer Morgen*

»Es gibt wenige deutsche Krimiautoren, die so raffinierte und sarkastische Plots schreiben wie Schlink und ein so präzises, unangestrengt pointenreiches Deutsch.« *Wilhelm Roth/Frankfurter Rundschau*

Selbs Betrug wurde von der Jury des Bochumer Krimi Archivs mit dem Deutschen Krimi Preis 1993 ausgezeichnet.

Leon de Winter im Diogenes Verlag

Hoffmans Hunger

Roman. Aus dem Niederländischen von Sibylle Mulot

In der Nacht vom 21. Juni 1989 liegt Freddy Mancini, ein unmäßig fetter amerikanischer Waschsalon-Besitzer, neben seiner Frau im Bett eines Prager Hotels. Ihn quält der Hunger, und er schleicht sich aus dem Hotel. Dabei wird er Zeuge einer Entführung.
Zur selben Zeit sitzt der niederländische Botschafter in Prag, Felix Hoffman, in seiner Botschaft und schlingt die Reste eines Empfangs in sich hinein. Er liest dabei Spinoza. Auch Hoffman hat Hunger, metaphysischen Hunger, vor allem seit seine beiden Töchter auf tragische Weise starben. Seither ist er schlaflos. Sein einziger Trost – essen.
Ein dritter unglücklicher Mann: John Marks, Amerikaner und Ostblockspezialist.
Die Schicksale der drei Männer werden durch eine spannende Liebes- und Spionagegeschichte miteinander verwoben. Zugleich ist *Hoffmans Hunger* die Geschichte von Europa 1989, das sich eint und berauscht im Konsum. Ein Rausch, der nur in einem Kater enden kann.

»Ein Buch, das unter der Tarnkappe einer Spionage-Geschichte das Kunststück zuwege bringt, über das Verhängnis der Liebe und die Tragik des Todes, über die Ohnmacht der Philosophie und die Illusionen der Politik so ergreifend zu erzählen, wie man es lange nicht mehr gelesen hat.«
Peter Praschl/stern, Hamburg

»Leon de Winter erzählt Hoffmans Geschichte meisterlich schlicht in der dritten Person, dialogreich,

eben noch geruhsam, dann mit schnellen Schritten und Schnitten. Er erzählt diskret und intim zugleich. Und auch ungeheuer komisch.«
Volker Hage/Der Spiegel, Hamburg

SuperTex

Roman. Deutsch von Sibylle Mulot

»Was macht ein Jude am Schabbesmorgen in einem Porsche!« – bekommt Max Breslauer zu hören, als er mit knapp hundert Sachen durch die Amsterdamer Innenstadt gerast ist und einen chassidischen Jungen auf dem Weg zur Synagoge angefahren hat. Eine Frage, die andere Fragen auslöst: »Was bin ich eigentlich? Ein Jude? Ein Goi? Worum dreht sich mein Leben?« Max, 36 Jahre alt und 90 Kilo schwer, Erbe eines Textilimperiums namens SuperTex, landet auf der Couch einer Analytikerin, der er sein Leben erzählt. Da ist vor allem seine Auseinandersetzung mit dem Vater, der das KZ überlebte, aber in seinem Mercedes ertrank. Ein weiteres Trauma des assimilierten Juden aus dem Yuppie-Milieu: Fassungslos mußte Max mitansehen, wie er seine große Liebe Esther plötzlich an den orthodoxen Glauben verlor. Und sein Bruder Boy verliebt sich nun in eine marokkanische Jüdin, deren Familie arm und gläubig ist. So scheint Max der einzige, der nicht in den Schoß der Tradition zurückfindet. *SuperTex* ist die farbige Geschichte eines Generationenkonflikts, ein Feuerwerk des Humors.

»Leon de Winter erzählt die Geschichte des jüdischen SuperTex-Managers Max Breslauer mit amerikanischer Rotzigkeit, europäischer Nachdenklichkeit und mit einem vielleicht holländisch-jüdischen sechsten Sinn für Dramaturgie. Ein spannendes Buch, das man nicht mehr aus der Hand legen mag.«
Barbara Sichtermann / Zitty, Berlin

Serenade

Roman. Deutsch von Hanni Ehlers

Anneke Weiss, Mitte siebzig, seit langem Witwe, hat ihre Lebenslust und ihren Elan, sich munter in das Leben ihres Sohnes Bennie, eines verhinderten Komponisten, einzumischen, gerade erst richtig wiederentdeckt. Da diagnostizieren die Ärzte bei ihr ein Karzinom. Bennie drängt darauf, daß man seiner Mutter ihre tödliche Krankheit verschweigt. Das Leben scheint ganz normal weiterzugehen – Anneke verliebt sich sogar in den 77jährigen Fred Bachmann –, doch dann, wie aus heiterem Himmel, gerät alles aus den Fugen: Die alte Dame ist spurlos verschwunden. Bleibt die Hoffnung, daß sie zu einer ihrer Vergnügungsreisen aufgebrochen ist, mit der sie ihren Sohn immer stolz überrascht. Warum gibt sie nur kein Lebenszeichen von sich? Bennie und Fred machen sich auf die Suche. Sie finden Anneke – aber nicht etwa auf den Champs-Elysées, sondern auf dem Güterbahnhof von Split. Was hat Anneke zu dieser »Reise« bewogen?
Nur vordergründig witzig und leichtfüßig erzählt dieser Roman von einem Trauma, das jeden Tag neu aufzubrechen vermag.

»Ein neuer europäischer Romancier von Rang: Leon de Winter beweist, wie man E und U spielerisch verbindet.« *Abendzeitung, München*

»Leon de Winter hat etwas zu erzählen, und er tut es so gut, daß man nicht genug davon bekommen kann.«
Rolf Brockenschmidt/Der Tagesspiegel, Berlin

Thomas Strittmatter im Diogenes Verlag

Raabe Baikal

Roman

»Mit irvingscher Fabulierkunst erzählt Strittmatter die grotesken und dennoch in einer durchaus realen Welt angesiedelten Erlebnisse des Raaben Baikal. Sei es im Internat mit weiteren schrägen Vögeln, in der Lehre beim wortkargen, wodkasaufenden Steinmetz oder auf seiner modernen Odyssee in die feindliche Stadt, Raabe hat immer wieder das unverschämte Glück, dem bösen Schicksal einen kleinen Schritt vorauszusein.« *Annabelle, Zürich*

»Strittmatter hat einen Roman geschrieben, in dem sich auf eigenwillige Weise realistisches Erzählen mit phantastischen und skurrilen Elementen verbindet.«
Der Spiegel, Hamburg

»Ein schreibender Jim Jarmusch.« *Basta, Wien*

»Ein fesselnder und kraftvoller Roman, in einer vitalen, bildreichen Sprache geschrieben. In seinen exzentrischen Beschreibungen zeigen sich eine große Fabulierkunst und Erzählkraft.« *Deutsche Welle, Köln*

»Ein zeitgenössischer, zeitüberschreitender Roman.«
Stuttgarter Zeitung

»Es ist ein eigenwilliges, schockierend-realistisches und zugleich phantastisches Prosastück, daß einem beinahe die Spucke wegbleibt.« *tz, München*

»Strittmatter besitzt eine geradezu berauschende Fähigkeit zum sinnlichen Erzählen.«
Kölnische Rundschau

»Extrem lesenswert.«
Harry Rowohlt/Die Zeit, Hamburg

Viehjud Levi
und andere Stücke

Strittmatters Stücke spielen auf Schwarzwaldgehöften, in Autobahnmotels und im Stau, in märchenhaften Königreichen, an Badeseen und im Polizeisportverein. Und immer sind Realität, Geschichtliches und Erfundenes so miteinander verschmolzen, daß über Ort und Zeit hinaus Erfundenes historisch wahrscheinlich, Geschichtliches aber poetisch verwandelt wird. Meist erzählt Strittmatter von kleinen Leuten an unbedeutenden Orten, doch es gelingt ihm, die großen Geschichten aus dem Banalen und Alltäglichen herauszulösen. Obwohl sein Blick auch auf die düsteren Flecken der Welt fällt, machen sein luzider Humor, sein grimmiger Witz und die Zuneigung zu seinen Figuren die Lektüre seiner Stücke zu einem erhellenden Vergnügen.

»Seit Brechts *Furcht und Elend des Dritten Reiches* hat kein Schriftsteller die bieder-menschliche Fratze einer Epoche derart knapp und konzentriert in wenigen Strichen auf die Bühne gebracht – *Viehjud Levi,* ein kleines Meisterwerk.« *Theater heute, Berlin*

»Mit seinen zeitgeschichtlich orientierten, politisch sensiblen Stücken bestätigt Thomas Strittmatter seinen Ruf, einer der interessantesten deutschen Nachwuchsdramatiker zu sein.« *Der Spiegel, Hamburg*

»Ein unerbittlicher Chronist der Provinz, ein alemannischer Erzähler mit kritischem Verstand, ein Heimatdichter ohne jeden nationalistischen Einschlag.«
Die Weltwoche, Zürich

»Der *Polenweiher* beschwört keine Nostalgie, keinen Patriotismus. Strittmatter überläßt beim Erzählen seiner Geschichten nichts dem Zufall, nicht das ›Wie‹ oder mit wessen Hilfe erzählt wird.«
Südkurier, Konstanz

Andrzej Szczypiorski im Diogenes Verlag

»Ich beschreibe die totalitäre Herausforderung des zwanzigsten Jahrhunderts, weil das mein Leben, meine Erinnerung und meine Erfahrung ist.«
Andrzej Szczypiorski

»Andrzej Szczypiorski belegt, daß der Roman keineswegs tot ist, daß menschliche Schicksale im doppelten Sog der Geschichte und der Zeit noch immer, und zwar auf höchstem Niveau, in der Romanform darstellbar sind.« *Neue Zürcher Zeitung*

Die schöne Frau Seidenman
Roman. Aus dem Polnischen von
Klaus Staemmler

Eine Messe für die Stadt Arras
Roman. Deutsch von Karin Wolff

Amerikanischer Whiskey
Erzählungen. Deutsch von Klaus Staemmler
Mit einem Vorwort des Autors zur
deutschen Ausgabe

Notizen zum Stand der Dinge
Deutsch von Klaus Staemmler

Nacht, Tag und Nacht
Roman. Deutsch von Klaus Staemmler

Der Teufel im Graben
Roman. Deutsch von Anneliese
Danka Spranger

Den Schatten fangen
Roman. Deutsch von Anneliese
Danka Spranger

Selbstportrait mit Frau
Roman. Deutsch von Klaus Staemmler

Urs Widmer im Diogenes Verlag

»Wer kann heute noch glitzernde, glücksüberstrahlte Idyllen erzählen? Wer eine Geschichte über den Golfkrieg und die A-Bombe? Wer ein Märchen für Erwachsene von – sagen wir: fünfzehn an? Und wer eine Liebesgeschichte über Lebende und Tote, die uns traurigfroh ans Herz geht? Die Antwort: Urs Widmer. Er kann all dies aufs Mal und all das ist, eine Rarität in der deutschen Literatur, tiefsinnig und extrem unterhaltend zugleich.«
Andreas Isenschmid/Die Zeit, Hamburg

Alois/Die Amsel im Regen im Garten
Zwei Erzählungen

Das Normale und die Sehnsucht
Essays und Geschichten

Die Forschungsreise
Ein Abenteuerroman

Die gelben Männer
Roman

Vom Fenster meines Hauses aus
Prosa

Schweizer Geschichten

Shakespeare's Geschichten
Alle Stücke von William Shakespeare, nacherzählt von Walter E. Richartz und Urs Widmer. In zwei Bänden

Das enge Land
Roman

Liebesnacht
Eine Erzählung

Die gestohlene Schöpfung
Ein Märchen

Indianersommer
Erzählung

Das Verschwinden der Chinesen im neuen Jahr
Mit einem Nachwort von H.C. Artmann

Auf auf, ihr Hirten! Die Kuh haut ab!
Kolumnen

Der Kongreß der Paläolepidopterologen
Roman

Das Paradies des Vergessens
Erzählung

Der blaue Siphon
Erzählung

Liebesbrief für Mary
Erzählung

Die sechste Puppe im Bauch der fünften Puppe im Bauch der vierten
und andere Überlegungen zur Literatur. Grazer Vorlesungen 1991